『니히히, 빈틈이다.』 면

아이라는 곧바로 힘을 꽉 심더니

『더는 안 놓을 거야―』라는 듯

콱! 녀석을 메일것사

Aira
진구 아이라
Jingu

애인대행을 시작한 나,
어째선지 미소녀의
지명의뢰가 들어왔다
3

Ryoma
시바 료마
Shiba

"고, 고마워. 그럼 다음부터는 사양 말고 연락할게."

"약속이야……"

『히, 히메노도……! 좋아해.』

커다란 눈에 눈물을 글썽이고 목 위로는 새빨갛게 달아올라서……

『시바루, 정말……! 좋아해.』

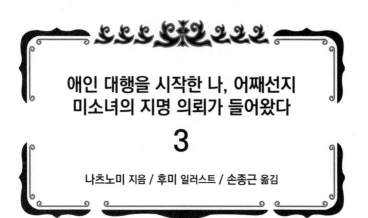

애인 대행을 시작한 나, 어째선지 미소녀의 지명 의뢰가 들어왔다

3

나츠노미 지음 / 후미 일러스트 / 손종근 옮김

contents

Illust 후미 Design 타니고메 카부토
(주시카고 그래픽스)

分

"나 봤거든. 료마가 내 상사, 하즈키 매니저랑 둘이 있는 모습을. 애인처럼 데이트하는 모습을."

"……."

"대답해. 너는 하즈키 매니저랑 어디서 어떻게 만났고 어떤 식으로 엮여 있는지를. 그다음에 하즈키 매니저한테도 사실 확인을 할 테니까."

12월 24일.

히메노와의 데이트를 마치고 귀가 후에 거실로 얼굴을 내민 료마를 카야는 강한 말투로 추궁하고 있었다.

분위기는 무겁고 긴박했다. 현재 상황을 비유하자면 뱀 앞에 모습을 드러낸 개구리였다.

"있잖아, 감추지 말고 빨리 이야기해. 애인 대행 알바를 하고 있잖아?"

"……."

"보고 연락 상담. 이 규칙을 지킨다면 이 자리에서 감추지는 않겠지. 그런 부분에서도 다 보인다니까?"

카야의 목소리는 점점 더 차가워졌다. 말을 꺼내지 않고 침묵을 관철한다면 분노가 쌓이는 것은 당연한 일이다.

"있잖아, 일반적인 알바를 하고 있었다면 나도 이렇게까지 화내지는 않아. 하지만 네 경우는 아니잖아. 트러블이

3

많고, 그중에는 혼자서 해결할 수 없는 트러블도 생기고, 학업에 집중할 수 없게 되는 알바잖아. 이런 말은 하고 싶지 않았지만, 대체 누가 대학교 등록금을 낸다고 생각해?"

"윽."

카야는 '나한테는 이렇게까지 말할 권리가 있어. 료마는 대답할 필요가 있겠지'라며 호소했다. 이런 속뜻을 이해하고서도 료마는 숨을 삼키며 견디고 있었다.

입을 여는 게 제 무덤을 파는 짓임을 이해한 것이었다.

그리고 진실을 밝히면 애인 대행을 그만두게 된다는 것도.

혹시 그렇게 되면 카야의 부담을 덜어줄 수 없게 된다.

마음속에 그런 갈등이 있었다.

"흐—응. 태도를 보아하니 정말 아무 말도 안 할 생각이구나. 가족의 규칙을 깨고, 가족을 소중히 하겠다는 내 마음도 알고 있을 텐데, 불성실한 태도를 계속 취하겠다는 거구나. ……진짜 적당히 좀 해줘."

카야의 말이 차례차례 가슴에 박혔다. 정론인 만큼 얼굴이 괴로움으로 일그러졌다.

부모님이 이미 타계한 지금, 료마에게 카야는 단 하나뿐인 가족. 정말로 소중하게 생각하는 존재. 그렇기에 조금 더 편하게 해주고 싶다.

그 마음이 강하기에 서로에게 엇갈림이 발생하고 말았다.

"……이제 됐어. 료마가 그럴 생각이라면 이제 됐다고. 그렇게 나온다면 하즈키 매니저한테 확인하면 그만이니까."

"어?! 그, 그건 좀……."

"지금 료마한테 막을 권리가 있다고 생각해? 지금부터 사실대로 이야기한다 해도, 얼버무리려는 상대의 말을 믿을 수 있을 리가 없잖아."

"그, 그건……."

"이미 결정했으니까."

발언 그대로, 더는 만류할 수 없었다.

카야는 테이블 위에 있는 스마트폰을 손에 들고 망설이는 기색도 없이 손가락을 움직이기 시작했다.

"료마, 너는 거기 있어. 이야기는 아직 끝난 게 아니니까."

"예……."

노기를 음색에 드리우고 날카로운 눈빛 그대로 카야는 못을 박았다.

그리고 통화 화면으로 넘어갔는지 조용한 거실에 통화 연결음이 울렸다. 카야는 귀에 스마트폰을 댔다.

그 전화가 연결된 순간, 그녀는 목소리를 밝게 바꾸었다.

"아, 수고 많으시네요, 하즈키 매니저. 이런 시간에 죄송해요."

『연락할지도 모르겠다고 얘기 해줬으니까 괜찮아.』

"……."

어렴풋이 들리는 전화 상대의 목소리에 료마는 눈을 내리깔았다. 상대가 정말로 하즈키임을 깨달았기 때문이다.

자백시키기 위해서 넌지시 떠보고 있었다?

그런 어렴풋한 가능성이 박살 난 순간이었다.

『그건 그렇고 별일이네. 카야 씨가 이런 시간에 전화를 걸다니.』

"정말로 죄송해요. 문자로 말씀드린 대로, 하즈키 매니저한테 물어보고 싶은 게 있어서요."

『전화로 한다는 건 무척 중요한 일이겠네.』

"예. 그 내용 말인데, 하즈키 매니저의 프라이버시도 조금은 건드리고 마는 이야기라……. 괜찮을까요."

『신경 쓸 것 없어. 나랑 카야 씨 사이인걸. 게다가 지금 이걸 받아들이지 않는다면 이야기가 진행되지 않겠지?』

"감사합니다."

『그래서 대체 무슨 일일까.』

본론을 재촉하는 목소리가 들린 순간, 료마는 마른침을 삼키며 식은땀을 흘렸다.

그 모습을 곁눈질하며 카야는 평소 그대로의 음색으로 이야기했다.

"그럼, 본론을 바로 말씀드릴게요."

서두를 뗀 다음, 조금 틈을 두고서 말한 것이다.

"하즈키 매니저는 애인 대행 서비스를 이용하시죠."

"──그렇다고 하는데? 하즈키 매니저는 인정했어. 료마랑 애인 대행을 했다고."

"……."

"자, 누가 거짓말을 하고 있는 걸까. 응?"

"……정말로, 죄송합니다……."

더 이상 변명할 수는 없었다. 료마는 깊이 머리를 숙이며 사죄했다.

"있잖아, 미안하다고 해서 용서받을 수 있는 문제가 아니야. 끝까지 얼버무리려고만 하고서. 거친 말이지만 웃기지 말라고 생각해."

분노를 억누르는 것 같은 표정.

"일단 애인 대행 회사에는 연락을 넣을 거야. 료마는 그만두도록 하겠다고."

"그, 그만…… 부탁할게. 그것만큼은……."

"이제 와서 무슨 소릴 하는 거야? 료마한테 거부권이 있을 리가 없잖아. 이런 소리를 들을 줄 알았으니까 감추었을 테고."

"그, 그건──?!"

변명하려다가 료마는 숨을 삼키게 되었다.

'퍽!' 강한 힘으로 테이블에 주먹을 내리친 카야가 강한 분노를 말없이 드러냈기 때문이다.

"정말 짜증 나네……. 아무것도 모르는 네가 말대답하는 거 말이야."

말을 내뱉는 그 눈빛은 료마를 찌르는 것만 같았다.

"그, 그런 건 아니야……. 나한테는 제대로 된 생각이 있어서……."

이 반응은 감추고 있을 선을 넘었다는 것이다. 료마는 이때, 계속 감추던 마음을 밝히기로 했다.

카야의 부담을 줄여주기 위해서 이 알바로 돈을 모으고 있었다는 그 사실을.

하지만 그것은 예상 밖의 말 때문에 그대로 막혀버렸다.

"……어차피 날 위해서 하는 거잖아. 진짜로 바보 아니냐고."

"어……."

"그 놀란 표정은 뭐야. 료마가 이런 알바를 할 성격이 아니라는 건 내가 잘 아는데."

같은 지붕 아래에서 계속 산, 두 남매.

인간성을 아는 이상 알바의 목적을 간파하는 것은 간단한 일이고, 카야는 그걸 간파하고서도 분노했다.

"하나 단언하겠는데, 날 위해서 알바를 한다고 해도 그거 하나도 안 기쁘니까. 내 부담을 줄여주겠다는 생각을 한 시점에서 이미 엇나간 거니까."

"……."

"그런 거짓말은 하지 말라고? 하지만 이건 사실이니까. 전적으로 민폐라고."

제대로 보고해두었다면 이런 일이 되지는 않았다. 료마는 모든 잘못이 자신에게 있다는 것을 알았지만, 이런 말을 들으면 참을 수가 없었다.

"그, 그럼…… 가르쳐줘. 부담이 줄어들지 않는 이유를……. 건방진 소리를 한다는 건 알지만, 나는 그렇게 될거라 생각해서 일했으니까……."

"있잖아, 맞지 않고서는 이해를 못 하겠어? 료마는 가족의 규칙을 깬 거야."

"그, 그건 정말로 잘못했다고 생각해……. 하지만 이런 나이가 되었으니 조금이라도 거들어야 한다고 생각했어. 부담이 줄어든다면 기쁘겠다고. 나한테도 카야 누나는 단하나의 가족이야."

"읏!!"

카야는 이 발언에 눈을 크게 떴다. 처음으로 그런 반응을 보였다.

"……그러니까 절대로 그만두지 않겠다고?"

"트러블이 발생하지 않는 한은 학교에도 영향이 없을 테고, 시급도 높고, 생활 밸런스도 무너지지 않으니까……. 자기만족이라는 것도 알아……."

강한 의지가 엿보이는 말에 머리를 부여잡는 카야.

"그래. 그럼 알겠어. 그런 의지가 있다면 전부 설명해줄게. 료마가 얼마나 얕은 생각인지를. 무덤까지 가져갈 생각이었던 내 이야기도 말이야."

"무, 무덤……? 그, 그게 뭐야…….."

"설명하기 전에 이것만큼은 말할게. 료마가 스스로를 원망할 필요는 전혀 없어."

영문 모를 말이지만 이것이 카야의 마음속 사슬을 푸는 열쇠였다.

그녀는 미간에 주름을 만들면서도 차분한 음색으로 감추지 않고 이야기했다.

"갑작스러운 이야기일 텐데, 아버지가 타계하고 료마랑 단둘뿐인 가족이 된 고등학교 3학년 봄. ……나도 애인 대행 알바를 했어."

"뭐?! 어……?!"

"시작한 이유는 조금이라도 생활을 안정시키기 위해서. 잘만 하면 료마를 대학교에 진학시킬 돈을 만들기 위해서. 대행 알바를 그만둔 건 취직하기 전."

"세, 세상에……. 세상에……."

처음 들었다. 료마는 전혀 알아차리지 못했던 것이다. 매번 '돈은 있으니까 괜찮아'라는 말과 함께 고등학교 생활을 보냈으니까…….

『료마가 스스로를 원망할 필요는 전혀 없어.』

그 말은 이 이야기로 이어져 있었다.

"이건 말하고 싶지 않았어. 계속 감추어두고 싶었어. 료마가 좋지 않은 생각을 하게 될 테고, 불평을 하고 싶어지기도 할 테니까……. 어째서 그때 가르쳐주지 않았느냐, 카야 누나도 했다면 말릴 권리도 없잖아, 하는 식으로."

"……."

"하지만 있지, 애인 대행 알바를 하면서 많은 경험을 했던 나니까 전력으로 말리는 거야. 얼마나 반감을 사더라도, 미움을 사더라도 반드시."

"카야 누나……."

자신을 향하는 두 눈이, 그 얼굴이 진심이었다. 거짓 없는 말이었다.

"다음은 료마가 얼마나 얕은 생각인지 설명할게. 내 경험을 덧붙여서."

"으, 응……."

"료마는 말이야, 나쁜 의뢰인에게 걸려서 무언가 약점을 잡히면 어떻게 대처할 생각이야? 료마의 성격으로 제대로 대처할 수 있을 리가 없어. 다정한 너는 틀림없이 함정에 걸려들어. 혹시 그렇게 됐을 경우, 상대는 약점을 이용해서 기분 나쁜 곳을 건드리거나 협박하겠지. 기다리는 것은 같이 죽느냐, 지옥이냐. 둘 중 하나야."

"윽."

이 말에는 짚이는 바가 있었다. 하즈키와 애인 대행을 했을 때에 주의를 받은 이야기니까.

카야가 단언하다시피 그때는 제대로 대처하지 못하고

넘어갔다.

하즈키가 나쁜 의뢰인이었다면 그렇게 되었을 것이다.

"좀 더 말하자면 료마는 학생이야. 아는 사람이 대행 현장을 보면 어떻게 변명할 거야? 오래 지속되면 될수록 그럴 가능성은 높아져. 상대도 매번 다를 테니까 학교에 나쁜 소문이 퍼지기도 하겠지. 저질스러운 성격이라며 오해를 살 테고, 소행이 나쁜 것 같다며 취직에 영향이 미칠 가능성도 있어."

"……."

"료마는 이미지 체인지로 대처하는 모양인데, 그런 만만한 일이 아니야. 결국에 들키는 건 시간문제. 어차피 들켜도 어떻게든 된다든지 하는 가벼운 기분이었을 테지만, 들킨 시점에서 아까 이야기한 일이 전부 덮쳐들 거야. 여기까지 생각하고서 하는 알바는 아니었을 거잖아."

차례차례 문제를 언급하는 카야.

이것은 과거에 자신도 같은 경험을 했기 때문이며, 또한 동생의 성격을 알기 때문이었다.

"시급이 높은 알바에는 높은 이유가 있어. 나는 애인 대행의 리스크를 알아. 그러니까 료마에게도 같은 일이 생기지 않도록 하려는 거야. 가족의 규칙을 만든 거야."

더 이상 분노는 보이지 않았다. 전력으로 설득에 나선 모양이었다.

"게다가 말이지, 료마 나이 정도 되면 좋아하는 사람……

아니, 신경 쓰이는 사람 정도는 있잖아?"

"……."

"자, 어때?"

"아, 아니, 그런 사람은 없어. 나는 이 알바를 하고 있으니까……."

"시선을 피하고 눈을 두 번 깜박거렸어. 이건 료마가 얼버무리려고 할 때의 버릇이니까."

"…………."

"뭐, 없다면 없는 대로 이야기할 테니까 딱히 상관은 없는데."

꿰뚫어 보는 것 같은 시선에 료마는 고개를 돌렸다. 료마의 머릿속에는 한 인물이 떠오르고 있었다……. 카야는 그 사실을 간파한 듯이 말한 것이었다.

"왜 이런 이야기를 했을까? 그건 물론 애인 대행과 관계있는 일이라서야. 아까 이야기와 다르게, 이건 딱 잘라서 보더라도 후회해. 멘탈과 크게 관련이 있지."

"무슨 말이야……?"

이 내용에 의문을 드러냈다는 사실이야말로 '경솔'하다는 말을 듣는 요소였다. 카야는 쉽게 상상할 수 있도록, 이해할 수 있도록 여기서도 자신의 체험을 꺼냈다.

"료마한테 이런 이야기를 하는 것도 처음인데……. 나 있지, 고등학생 때 좋아하는 남자가 있었어."

"웃."

"나는 그 사람이 좋아서, 방과 후에는 몇 번인가 같이 돌아간 적도 있었어. 뭐, 관계가 좋았으니까 주위에는 좋아한다는 것도 들켜버렸고."

그리움이 느껴지는 말투. 처음에는 당황했지만 이야기의 내용은 청춘 그 자체.

이야기를 가로막지 않고 계속 들었지만 그들이 맺어졌다는 결말을 들을 수는 없었다.

"그리고 그런 시기에 아버지가 돌아가시고, 거기서부터는 앞서 이야기했다시피 돈을 벌려고 애인 대행 알바를 시작했어."

"……."

"그 알바 중에는 화장을 하고 모자를 쓴다든지 해서 용모를 감추었어. 그렇게 궁리를 했으니까 누구에게도 들키지 않았고, 지명도 늘어나서 순조롭게 이어졌지……. 하지만 알바를 시작하고 한 달 뒤에 아는 사람한테 들켜서."

"하, 한 달……."

"그 결과로 나는 노는 사람이라든지 원조교제를 한다든지, 그런 착각을 당하면서 주변에서 친구가 사라졌어. 좋아했던 그 사람한테는 '이런 성격인 줄 알았다면 처음부터 좋아하게 되지는 않았을 텐데' 같은 소릴 들었지."

"그, 그건……."

"그래. 우리는 서로를 좋아했지만 맺어지지는 못한 거야. 게다가 그 사람이 눈물을 흘리며 그 말을 전하는 바람에, 사정도 미처 설명할 수 없었어. 이것이 그 알바를 시작하고 나한테 벌어진 일."

카야는 팔꿈치를 테이블에 괴며 양손을 깍지 끼고 슬픈 표정을 지었다.

항상 활기차고 밝은, 일의 피로조차 드러내지 않는 카야의 이런 표정은 정말로 보기 드물었다. 아니, 그만큼 후회하는 일이라는 뜻이리라.

『이건 딱 잘라서 봐도 후회하게 될 일. 멘탈과 크게 관련이 있는 일.』

카야는 그것을 증명하듯 말을 이었다.

"내가 하고 싶은 이야기는 말이지, 이 알바는 대행 중에만 고생하는 게 아니라는 이야기야. 최악의 경우에는 학교 안에서도 고생하게 될 테고, 신경이 쓰이는 사람이 생긴 시점에서 돌이킬 수 없는 후회를 할 알바이기도 해. 좀 더 말하면 나쁜 소문이 퍼지는 건 시간문제고, 료마를 좋아해 주는 상대까지 상처 입힐 우려가 있어. 어떤 사정이든 다른 이성을 데리고 있는 시점에서 좋은 인상 따윈 가질 수 없으니까."

"……."

이야기는 길게 이어졌지만, 사실을 전하는 만큼 그 리스크는 간단히 받아들일 수 있었다.

반론도 뭣도 떠오르지 않았다.

"이게 내 전부야. 료마가 좋아서 이 알바를 하는 게 아니라는 것도 다시금 깨달았어.”

카야는 주도권을 쥔 채, 이렇게 재촉했다.

“료마, 이런 일은 이제 그만두자, 응……?”

눈을 내리깔고, 마음을 움직일 법한 바람을 전했다.

“나는 있지, 료마가 즐거운 대학 생활을 보냈으면, 즐거운 연애를 했으면, 장래에는 좋아하는 일을 했으면. 그런 생각으로 등록금을 내는 거야. 이 마음만큼은 허사로 돌리지 말아줘. 나랑 같은 경험을 하게 되는 건 절대로 싫어.”

강한 음색으로. 젖은 눈빛으로 호소했다.

“돈이라면 출세하고 갚아도 아무 상관 없잖아. 그때 편하게 해줘. 고등학생 때랑 다르게 지금은 내가 수입을 얻을 수 있으니까…… 나를 정말로 돕고 싶다면 그 알바는 그만둬. 나를 더 생각해줘.”

“…………”

“지금 말한 리스크를 지고서 돈을 벌어 와도 전혀 기쁘지 않아. 매일 료마를 걱정하느라 마음을 쉴 수가 없는걸……. 누나인 내가 이런 일을 하게 만들면, 돌아가신 부모님을 뵐 낯이 없으니까…….”

가냘팠다. 그녀는 평생의 소원이라는 듯 떨리는 목소리로 전했다.

카야는 계속 이야기했다. 료마에게, ‘단 하나뿐인 가족’이라고.

『하나 단언하겠는데, 날 위해서 한다고 해도 그거 하나도 안 기쁘거든. 내 부담을 줄여주겠다는 생각을 한 시점에서 이미 엇나간 거니까.』

이 말에는 그 어떤 거짓도 없었다.

모든 이야기를 마친 순간, 적막이 거실을 지배했다. 똑딱똑딱, 시계 초침이 움직이는 소리만이 귀에 남았다.

이제 대답은 료마의 몫.

머릿속으로 생각한 끝에, 결론은 하나밖에 떠오르지 않았다.

"……정말 미안해, 카야 누나. 누나 말대로 내 생각이 얕았어……. 나는 돈만 마련할 수 있다면 카야 누나의 부담이 줄어든다고 생각했어."

돈을 벌 수 있다면 카야의 부담은 줄어든다. 그것은 틀림없다.

하지만 즐거운 대학 생활을 보내기 바라는, 즐거운 연애를 하기를 바라는 그런 마음을 무너뜨릴 리스크가 있는 알바를 한 것이었다.

돈을 버는 대신에 카야는 마음고생을 안게 된다.

전적으로 민폐임은 틀림없고, 돈을 번다고 편하게 해줄 수 있는 것도 아니라는 사실을 간신히 이해했다.

"카야 누나……. 나, 좀 더 일반적인 알바를 해서 걱정을 끼치지 않도록 할게. 앞으로는 제대로 보고도 할 테니까."

"응. 고마워……."

"정말 미안해. 그때, 날 위해 애인 대행으로 생활을 유지

해줘서…….”

“이제 됐어. 지나간 이야기니까. 게다가 료마네 고등학
교는 알바 금지였잖아. 책임을 느낄 일은 전혀 없어.”

이야기가 마무리되어 안도했는지, 살며시 눈가를 훔치
며 카야는 천장을 올려다봤다.

“나도 미안해. 애인 대행을 했다는 이야기는 절대로 하
고 싶지 않았으니까, 그만 정색해버렸어.”

“아니, 내가 카야 누나의 입장이었어도 똑같이 했을 거야.”

“그런가. 우리는 정말로 생각이 닮았구나. 설마 같은 알
바에 다다르게 되다니, 역시 남매란 느낌.”

“응…….”

살벌하던 분위기가 점차 평소처럼 온화하게 돌아갔다.

“있잖아, 료마. 하나만 물어봐도 돼?”

“뭐, 뭔데?”

“이제까지 대행을 하면서, 료마는 싫은 일을 당하진 않
았어?”

“어, 응. ……하지만 여기서 물러나지 않았다가는 카야 누
나가 말한 것처럼 되었을 거야. 이 알바를 계속하는 이상,
들키는 건 시간문제니까.”

“그렇겠지. 그렇다면 오늘, 이 이야기를 하길 잘했네. 정
말로 잘했어.”

“……내일, 회사에 전화해서 그만둘 일정 같은 걸 이야
기할게. 그게 끝나면 카야 누나한테도 보고할 테니까.”

"약속이야. ……그 대신이라고 하기는 그렇지만, 이야기가 잘 안 풀리면 날 바꿔줄 수 있을까."

맡기라는 것처럼 카야는 고개를 크게 끄덕이고는 득의양양한 표정을 지었다.

"어……? 카야 누나가 그런 걸 할 수 있겠어?"

"당연하잖아. 아니, 다름 아닌 내가 애인 대행을 했다고. 당연히 사장과 연결될 정도의 수치를 냈을 거 아냐."

"그거 진짜야?"

"믿을 수 없을지도 모르겠지만 정말이야. 내 입으로 꺼내기는 그렇지만, 실적을 바탕으로 '패도의 여신'이라고 불렸을 정도인걸—."

"아, 아하하. 어쩐지 거짓말 같아."

이 호칭을 한 번도 들은 적이 없는 료마가 이렇게 느끼는 것도 어쩔 수 없었다.

불과 18세의 나이로 지명율 81퍼센트라는 경이로운 숫자를 내고 회사 경영을 궤도에 올려놓은 실력파 대행인.

애인 대행 회사의 사장이 '그만두지 마!'라며 선물을 들고 교섭하러 갈 만큼 필수 불가결했던 대행인.

남심을 사로잡을 책략을 세우고 심리학까지 구사하여, 은퇴하기 전의 한 달 동안은 주당 일곱 번의 기세로 지명이 들어온 유일한 대행인.

패권을 쥐었다고 해도 과언이 아닌 그 인물이야말로, 누나인 카야이니까.

"뭐, 그럼 이야기는 이 정도로……. 그러니까 잘 안 풀릴 때에는 사양 말고 말해줘."

"알았어. 그럼 나는 슬슬 방으로 돌아갈게."

"미안해, 이런 밤늦은 시간까지 이야길 해버려서."

"아니, 정말로 고마워, 카야 누나. 눈이 뜨였어."

긴 이야기를 해준 것은 전부 료마를 위해서다. 그 마음은 본인이 가장 크게 느끼고 있었다. 평소보다 깊이 머리를 숙여 감사를 전했다.

"……아, 깜박했네. 마지막으로 하즈키 매니저한테 전언이 있었는데 듣고 싶어?"

"으, 응. 듣고 싶어."

그 통화 중에 무엇을 전했을까…….

예상이 안 되는 이야기에 몸이 굳어졌지만, 다정한 말이 날아들었다.

"'평범한 관계가 되었을 때에는, 집으로 놀러 가도록 할게'라던데."

"어, 여, 여기로 하즈키 씨가 오는 거야?!"

"물론 그건 내가 있을 때에, 집에서 마실 때니까 료마는 요리나 술 시중 역할을 부탁할게."

"아, 아하하. 그, 그거라면…… 나도 하나 전해도 될까?"

"뭔데?"

"'정말로 신세를 졌습니다'……라고."

"예―. 그렇게 전해둘게."

"응. 고마워."

하즈키와의 애인 대행은 한 번뿐이었지만, 그때에 카야 누나와 같은 것들을 가르쳐주었다. 걱정해주었다.

정말로 신세를 졌습니다. 그 말에서 '정말'의 의미를 하즈키는 제대로 헤아려줄 것이다.

발언을 하고서 실감했다. 이미 그만두겠다는 마음이 굳어졌음을.

이야기를 마친 료마는 카야와 헤어져서 자기 방으로 향했다.

계단을 올라가서 막다른 곳의 문을 열고는 어둠 속에서 전등 스위치를 켰다.

방이 밝아지자 그대로 책상으로 다가갔다.

"……후우."

료마는 책상 앞으로 가서는 책장 뒤로 손을 뻗고, 감추어둔 열쇠를 손에 들고서는 서랍의 열쇠 구멍에 꽂았다.

오른쪽으로 돌리자 '찰칵' 하고 풀리는 소리가 울렸다.

그 서랍을 열고…… 계속 안에 넣어두었던 봉투를 조심스럽게 양손으로 들었다.

"……."

료마는 그대로 말없이 바라보며 이렇게 중얼거렸다.

"이것도 제대로 돌려줘야겠네……."

오늘에 이르기까지 전혀 손을 대지 않았던 봉투 안에는 십오만 엔이라는 거금이 들어 있었다.

이것은 오빠 계약을 맺었을 때, 아이라에게 받은 돈.

애인 대행을 그만둔다. 그것은 돈으로 이어진 이 관계도 끝을 내고 원래의 친구로 돌아가야만 한다는 것이라고, 료마 안에서는 그렇게 정해졌다.

모든 것을 리셋하고 카야를 안심시키기 위해서라도.

"무슨 일이 있었는지 제대로 이야기해야겠지……."

자신이 뿌린 씨앗은 자신이 거둔다. 그것은 당연한 일.

다시금 각오를 굳힌 료마는 옷장 안에 있는 숄더백에 이 봉투를 넣었다.

그 가방이야말로 약속한 정월 참배에 가져가기로 결정한 물건이었다.

『허? 31일부터 만나는 거 아니었어? 정월이 돼서 만나면 제야의 종을 같이 못 듣잖아.』

"그 마음은 알겠지만, 미성년자인 아이라를 밤중에 데리고 다닐 수는 없다니까. 무슨 일이 생겼을 때, 책임을 질 수 없으니까."

12월 30일 점심 때. 료마는 아이라와 통화 중이었다. 내용은 약속한 정월 참배 예정에 대해서였다.

『하나 물어보겠는데, 그거 진심으로 말하는 거야? 나를 놀리는 게 아니고.』

"물론이지."

『나 있지, 밤을 샐 수 있도록 에너지 드링크 사 왔는데. 이백 엔 하는 커다란 거. 그러니까 31일로 해.』

"아하핫, 기쁜 보고 고마워. 마음은 변하지 않았지만."

『쓸데없이 기대하게 만드는 반응 금지! 있잖아, 평소부터 계속 보호 조치 시간은 지키니까, 이런 이벤트 정도는 너 그렇게 봐줘도 되잖아? 친구라도 밤부터 놀기도 하니까.』

"다른 사람은 다른 사람. 우리는 우리. 게다가 보호 조치 시간을 억지로 지키게 만드는 건 나인 거 같은데."

『……정말 고지식하다니까, 누구는.』

"예, 악담."

제대로 목표는 얼버무리고, 그러면서도 『누구』를 확실히 이해하게 만드는 부분이 참으로 아이라다운 부분.

물론 이 악담은 두 사람 사이이기에 가능한 일이다. 료마도 가벼운 농담으로 답할 수 있었다.

"고지식한 누구한테는 에너지 드링크 구입 보고는 안 하는 편이 낫지 않을까? '그런 걸 마시면서까지 밤을 새는 건 잘못이야'라고 할 것 같아."

중요한 시험을 앞두고 있다면 카페인을 섭취하는 것도 어쩔 수 없지만 정월 참배는 언제든지 참가할 수 있는 행사. 억지로 밤을 새면 안 된다는 것이 료마의 생각이다.

『그건 귀여움 포인트 이체라는 걸로 어떻게든 할 생각이었으니까.』

"귀, 귀여움 포인트……?"

『그래그래. 료마 선배랑 31일에 나가려고 위험한 음료를 사 온 거야. 이거 엄청 귀엽잖아?』

"그 얘기를 안 했다면 좀 더 귀여웠을지도 모르지. 어차피 그런 우대는 안 하겠지만."

『인색하긴.』

아이라도 이렇게 될 것은 알고 있었으리라.

낮은 가능성에 걸었다는 듯한 말이었다.

새해가 되자마자 신사 참배를 하고 싶다. 그런 아이라의 마음은 알겠지만, 혹시 무슨 일이 벌어졌을 때에 책임을 질 수가 없다.

지금은 뜻을 굽혀주지 않는다면 곤란한 참이다.

"조금 다른 이야기이긴 한데, 아이라는 정월 참배에 자신 있는 기모노를 입고 올 거지?"

『응. 아니, 그 갑작스러운 질문은 뭐야.』

"그러면 서로 아침에 보는 게 좋을 것 같은데."

『서로? 좀 더 자세하게.』

당연한 재촉. 료마는 조금 더 알기 쉬운 설명을 시작했다.

"그게, 밤중에는 어두우니까 귀여운 기모노를 제대로 볼 수 없잖아? 나도 밝은 시간대에 더 보기 쉬운 건 틀림없으니까, 서로에게 메리트가 있지 않을까 싶어서."

과거의 대화를 떠올린 것이 플러스로 작용했다.

『아, 확실히 밤이라면 기모노를 자랑하긴 힘들지도……. 진짜 귀여운 걸로 골랐으니까 주위에도 완전 어필하고 싶다는 기분은 있거든.』

"뭐, 주위에 어필하는 건 제쳐놓더라도, 나는 밝은 시간대에 아이라의 기모노를 보고 싶어."

『그, 그거 뭐야. 그 말은 치사하잖아……. 내가 양보하는 흐름이고…….』

동요한 목소리가 전화 너머에서 들렸다. 설마 이런 말을 들은 줄은 몰랐을 것이다.

"말은 그래도 본심이니까."

『저, 저기? 여자를 구슬리는 그 기술, 너무 갈고닦은 느낌 아냐?』

"그래? 평소 그대로라고 생각하는데."

애인 대행을 했던 경험은 생각지 않은 타이밍에 새어 나온다. 남들보다 예리한 아이라는 역시나 그런 말을 건넸다.

『뭐, 전화니까 괜찮지만 얼굴을 마주하고서 들었다면 조금 부끄러웠을지도.』

"그렇게 내 기분을 달래서『그럼 31일부터 모이자!』같은 소리를 하게 만들 속셈이잖아?"

『허―? 그런 시커면 생각한 적 없는데! 애당초 아무리 기분이 좋아도 31일부터 집합하지 않겠다는 건 료마 선배 안에서 확정이잖아. 이렇게 되면 내가 아무리 노력해도 의미 없으니까.』

"무, 물론 그렇지만, 밝은 곳에서 아이라의 기모노를 보고 싶다는 건 진심이니까."

『…….』

"거기서 무시당하는 건 진짜 부끄러운데. 이걸 말로 꺼내는 거, 꽤나 용기가 필요하니까."

『흥, 완전히 자폭이잖아.』

본심이라고는 해도 부끄러운 소리에는 전혀 익숙하지 않은 료마였다.

조금이라도 침묵이 이어지면 금세 수치심이 덮쳐들고 만다.

『……뭐, 그렇게까지 말해준다면 31일 정도는 참아줄까나―. 무슨 일이 생길까 봐 걱정해주는 건 싫지 않기도

하고.』

"솔직하지 못하네."

『시끄러워.』

그런 악담을 던지면서도 전화 너머로 싱글거리는 아이라였다.

"저기, 그래서 정월 참배는 아침 몇 시부터 만날래? 날짜는 아이라가 양보해줬으니까 시간은 맡길게."

『응─. 그럼 아홉 시나 열 시 어때?』

"어, 그렇게 늦은 시간이라도 괜찮겠어? 나는 틀림없이 새해 첫 일출을 볼 수 있는 시간대를 지정할 거라 생각했는데."

『물론 그런 생각도 했지만, 그런 이른 시간부터 집합하면 서로 힘들잖아? 완전 일찍 일어나야 하고, 나도 기모노 입고 화장도 하니까 시간 걸리고. 그러니까 그 정도면 돼.』

깔끔한 대답이었다. 솔직한 마음을 말하는 것일 테지만, 그믐날에 만나자고 주장하던 상대가 이렇게나 시간을 늦게 잡는 것은 조금 위화감이 있었다.

"……어쩐지 아이라 성격치고는 의외일지도."

『뭐, 조금은 그런 생각도 들어.』

"뭔가 이상한 일 꾸미는 거 아냐?"

『전─혀. 다만 말이지, 자신 있는 기모노를 보여주는 건데 서둘러서 준비하다가 이상하게 될지도 모르니까. 그런 건 아깝잖아? 냉정하게 생각하면 내 최우선 순위는 료마 선배한테 귀여운 기모노를 보여주고 칭찬받는 거, 라고.』

"……."

『왜 그래? 부끄러워?』

"뭐, 기쁘기는 해."

『그런가그런가.』

"그럼 당일은, 열 시에 내가 아이라네 집에 도착하도록 할게."

『괜찮겠어? 나만 엄청 편한 건데.』

"괜찮아. 아이라는 채비를 갖추는 것도 큰일이라고 생각하니까."

『그, 그 이유는 뭐야……. 어쩐지 짜증.』

한 번 곱씹은 뒤, 말을 던졌다.

"혹시 부끄러워?"

『그런 걸로 부끄러울 리 없잖아―. 내 기모노를 가장 보고 싶어, 같은 소리를 해줬다면 그랬을지도 모르지만.』

"그런 말은 못 한다니까."

『뭐, 료마 선배는 그런 성격이니까. 오히려 그런 소리를 했다면, 이 녀석 뭐야 싶었을 테고.』

"고등학생이 대학생을 이 녀석이라고 부르십니까."

『그건 굳이 따질 것 없잖아! 일단은 애정을 담은 표현이니까.』

"예예."

료마와 아이라는 서점 점원과 손님이라는 입장이었지만

지금은 정말로 양호한 관계가 된 것이리라.

　전화 너머로 들리는 밝은 목소리가 그것을 증명했다.

　『아, 료마 선배한테 하나 물어보고 싶은 게 있는데.』

　"응?"

　『료마 선배는 정월 참배에 어떤 복장으로 갈 거야? 내가 기모노니까 사복이라면 조금 단정한 계열로 입으면 좋겠구나― 라는 느낌인데. 한쪽이 붕 떠 보이지 않도록.』

　"어라, 말 안 했던가. 나도 기모노야."

　『……어?! 그거 정말?! 기모노야?!』

　기모노라는 말을 들은 순간, 아이라가 확 들떴다.

　'료마의 기모노를 볼 수 있으니까'. 그 이유를 깨달았다면 전화 상대는 머뭇머뭇했을지도 모른다.

　"아하하, 그러니까 둘 다 기모노라는 걸로."

　『알았어―♪』

　말꼬리에 음표가 붙은 것처럼 목소리가 신이 났다. 그것은 전화 너머로 듣는 료마까지 미소를 머금어버릴 만큼 기쁘게 들렸다.

　"아이라, 기모노라도 방한을 제대로 해줘. 몸이 차가워지면 큰일이니까."

　『……웃.』

　"저기요―, 대답은?"

　『그, 그런 건 말 안 해도 알아……. 진짜 이런 것만큼은 제대로 말한다니까…….』

중간부터 소곤소곤 들리지 않는 목소리로 불평하는 아이라였다.

"……응? 미안해, 아이라. '알아' 다음에 뭐라고 그랬어? 전파가 나빠져서."

『따, 딱히 아무것도 아니야. 제대로 따듯하게 나갈 거니까 안심해. 정말 참견쟁이라니까.』

"그건 내가 제일 잘 알아."

『그렇겠지―. ……뭐, 고맙다고 해둘게.』

귀찮은 참견일지도 모르겠지만 정월 참배 때문에 컨디션이 나빠지게 만들 수는 없었다.

게다가 방한을 강조한 이유가 하나 더 있었다.

"……그리고 있지, 중요한 이야기가 있으니까 참배를 마치면 시간을 내줄래?"

『중요한 이야기? 아, 계약 이야기겠지? 그거라면 잊지 않았으니까 안심해.』

"응……. 그럼 그걸 부탁할게."

료마가 입에 담은 것은 계약이라는 말뿐. 자세한 내용은 이야기하지 않았다.

이 일은 직접 얼굴을 마주하고서 전해야만 한다고 생각한 것이었다.

『그럼 나는 지금부터 외출해야 하니까 전화 끊을게.』

"어, 알았어. 조심히 다녀와."

『정월 참배가 기다리니까 당연! 아, 마지막으로 남자랑 노는 건 아니니까 괜히 걱정할 필요 없어! 그렇게 전해둘게.』

"예예. 그러고는 허를 찔러서 남자랑 노는 거구나."

『그럴 리가 없잖아. 바─보!』

"앗."

놀린 순간, 전화가 뚝 끊어졌다. 전화를 끊는 속도는 일품이었다.

"아이라는 인정해줄까……."

방 침대에 앉아 있는 료마는, 끊긴 통화 화면을 보며 나직이 중얼거렸다.

정월 참배까지 앞으로 이틀.

이 관계를 끝내기 위한 이야기를 하는, 친구로 돌아가기 위한 이야기를 하는 날이 천천히 다가오고 있었다.

* * * *

"자. 이걸로 완성."

1월 1일. 새해를 맞이한 현재 시각은 아침 여덟 시를 지날 무렵.

료마는 기모노 옷매무새 정리를 카야에게 부탁했다.

"고마워. 덕분에 살았어."

"그건 상관없는데, 혼자서 못 입어서는 멋없다고? 그런 나이니까."

"아, 아하하……. 그러네."

혼자서 입을 수 있는 상대의 의견에는 쓴웃음으로 답할 수밖에 없었다.

"뭐, 그럭저럭 어울리네. 몇 명 정도는 꼬시면 넘어오지 않을까?"

"그, 그 정도야……?"

"매일 얼굴을 마주하는 내가 이렇게 생각하니까, 친구라든지 처음 보는 아이라면 좀 더 좋은 평가를 받을 수 있을 거야."

카야는 툭툭 어깨를 두드리며 격려했다.

"그건 그렇고 성인식용 기모노를 입고 가다니 묘하게 기합이 들어갔잖아."

"아, 그건 같이 갈 친구가 기모노를 입고 온다니까 그에 맞춰주는 게 나을 것 같아서."

"그거 여자?"

"어, 어어……."

"혹시 말인데 애인 대행을 하러 가는 건 아니지? 지금 그만두는 수속에 들어갔다고 들었는데."

그 순간, 그때처럼 날카로운 눈빛으로 바라보며 추궁하는 오라를 뿜어냈다.

"아니, 확실히 여자애랑 정월 참배를 가기는 하지만 애인 대행은 아니야……."

"흐응. 그 '은 아니야'는 뭐지? 보통은 애인 대행'이 아니야'라고 대답할 텐데."

"……."

완전히 제 무덤을 파고 만 료마.

아이라와의 관계는 애인 대행이 아니다. 사적으로 나눈 개인적인 계약이다.

새파란 얼굴로 눈을 크게 뜨자 카야는 어이없다는 표정을 지었다.

"하아……. 새해가 되자마자 싸우고 싶지는 않으니까 이것만 대답해. 트러블이 벌어질 법한 일은 그만두는 거지?"

"응."

"그러니까 오늘은 그걸 그만두러 나간다고 받아들이면 될까?"

"……그건 확실해."

단 한 번이라도 실수하면 카야의 포위망에 걸려들고 만다.

행동까지도 읽혀버린다. 료마가 절대로 대적할 수 없는 상대인 것이었다.

"그렇다면 됐어. 그 말을 믿고 참아줄게. 또 감추는 일이 있었다는 건 짜증 나지만."

"미안해……. 고마워."

"내가 관용적인 건 여기까지니까. 혹시 그 무언가의 관계가 내일 이후로도 이어진다면 각오해. 여기까지 알았다면 료마의 거짓말을 꿰뚫어 보는 건 간단하니까."

"알았어."

대답을 하자 카야의 압박이 단숨에 사라졌다. 추궁의 스위치를 꺼주었다.

"됐어. 그럼 정월 참배를 즐기고 와. 아, 날 저주한다든지 그런 소원을 빌진 말라고? 뭔가 당하는 건 무서우니까 말해둘게."

"그런 소원 안 빌어! 내가 잘못했어. 가내안전(家內安全)을 빌고 올게."

"후후, 고마워. 그럼 부탁할게."

거실은 불온한 분위기로 뒤덮일 뻔했지만 끝내는 웃어주는 카야. 이런 모습을 보고 료마는 역시 생각했다.

의지할 만한 존재가 될 수 있기를…….

그리고 한 시간이 지났을 무렵.

"어, 어쩐지 긴장되네……."

자연석이 깔린 벽으로 둘러싸인 2층 주택. 셔터식 문이나 감시 카메라가 있는 아이라의 집에 도착한 료마는 인터폰 앞에서 서성대고 있었다.

익숙하지 않은 기모노를 입어서 그런지 여기까지 와서는 안절부절못했다.

"아니, 이러면 아이라까지 곤란하게 만들어버리잖아……."

'평상심평상심!' 하며 가슴을 누른 료마는 호출 버튼을 눌렀다.

『예―. 누구신가요?』

그리고 아이라의 목소리가 기계 너머에서 들렸다.

"어라? 인터폰 카메라 안 봤어?"

『손으로 카메라 가렸는걸!』

"어, 어째서?"

『여기서 료마 선배의 기모노를 보는 건 아깝잖아. 볼 거라면 직접!』

"아, 아하하……. 너무 기대하진 말라고?"

『아니, 솔직히 료마 선배의 얼굴로 기모노가 안 어울릴 리가 없잖아.』

"어, 그래……?"

『앞으로 3분 정도 있으면 나갈 거야. 미안하지만 조금만 기다려.』

"알았어. 그리고, 새해 복 많이 받아."

『니히힛, 새해 복 많이! 올해 부탁!』

그리고 인터폰 음성이 끊어졌다. 아마도 외출할 준비를 척척 진행하는 것이리라.

"그, 그렇게나 기대하면 더더욱 긴장되는데……."

기모노 주름을 펴면서 혼잣말을 중얼거리는 료마였다.

* * * *

"기모노 오케이. 화장도 오케이!"

현관에 설치된 큰 거울을 빤히 바라보는 나는, 입 밖으로 꺼내면서 확인했다.

"다음은 이쪽."

소맷자락을 펼치며 옆으로 돌아서, 포니테일로 묶은 머리카락이 흐트러지지 않은 것도 확인!

"니히히, 이 기모노 진짜 귀엽잖아. 아빠한테 조른 게 정답이었네."

이상한 곳은 없음. 확인도 마치고 거울을 정면으로 다시금 보고서 그만 미소를 머금었다.

검정과 하양의 깅엄체크를 바탕으로 하는 보기 드문 기모노에는 매화꽃이나 벚꽃이 귀엽게 그려져 있다. 디자인도 빈틈없음.

"니히히, 료마 선배 어떤 표정일까. 멍—하니 있으면 놀려야지—."

아니, 멍하지 않으면 곤란한데. 이렇게나 시간을 들여서, 기합을 넣어서 준비했으니까.

"귀엽다고 칭찬 안 해주면…… 때리자."

지금 결정했다. 이건 반드시 수행한다. 기모노 덕분에 나도 귀여워졌으니까.

"자, 료마 선배도 기다릴 테니까 슬슬 갈까. ……선배도 선배대로 멋있어졌으면 좋겠는데. 라나 뭐라나."

현관문을 열면 선배의 기모노를 볼 수 있다.

이제 와서 긴장했다. 고양감도 있다. 어쩐지 가슴도 고동쳤다.

그래도 빨리 만나고 싶어! 그 마음이 강했다.

"레츠 고—!"

현관문을 열고 밖으로 한 걸음 내디디자…… 인터폰 앞에 서 있었다.

검은색 기모노에 회색 하오리를 입은 키 큰 남자가.

"아…… ."

"오오!"

그 선배와 눈이 마주친 순간, 숨이 멎었다…….

"아이라, 안녀——."

"——아, 미안. 잠깐만 기다려."

"어?!"

나는 그 목소리를 듣고는 반쯤 반사적으로 현관으로 도망쳤다.

그게 말이지…… 뭔가, 이 이상은 위험했으니까.

료마 선배의 저런 모습을 보고, 어쩐지 엄청 기뻐하는 미소를 마주했더니 말이지…….

『덜컹!』

곧바로 현관문을 닫아서 혼자만의 공간을 만들었다.

"아이라—? 무슨 일이야—?"

문 너머로 선배가 부르는 목소리가 들렸다. 이런 행동을 보였으니 당연하다. 무어라 대답을 해야 한다는 것은 안다.

……하지만 그럴 여유는 없었다. 그 모습이 되살아났다.

"저, 저저저거거 뭐야…… . 엄청 어른이잖아. 저, 저건

위험하잖아……. 어, 진짜로……."

선배의 기모노를 본 순간, 그렇게 생각했다. 이럴 바에는 카메라로 보고서 내성을 길러둘 걸 그랬어. 동요해서 집으로 돌아온다니 전혀 나답지 않아…….

심장이 시끄럽다……. 위험할 정도로 두근두근했다.

"……조, 좀 진정하자. 안 그러면 만난 뒤에 정말 이상하게 생각할 테고, 그런 거 싫고."

나는 스마트폰을 꺼내어 선배에게 문자를 보냈다.

『깜박한 게 있어서!』

송신 버튼을 눌렀다. 이것으로 어떻게든 얼버무리는 데 성공했을 터.

"앞길이 막막하잖아……. 이거 내가 아니라 료마 선배가 이래야 되는 거였는데……."

거울에는 빨갛게 된 얼굴이 비쳤다. 옅게 화장했으니까 엄청 눈에 띄고…….

이렇게 됐으니 내성을 기르자……. 그것이 최선일 테니까.

나만 빨리 익숙해져서 놀려주겠어.

기다리게 만드는 건 미안하지만, 너무 어울리는 기모노를 입은 사람도 잘못이니까.

나는 샌들을 벗고 실내에 달린 인터폰 앞으로 갔다.

"이 버튼을 누르면 분명히……. 아, 이쪽이었던가."

평소부터 집에 없는 척을 하니까 거의 모르거든.

첫 번째 버튼을 누르자 밖의 소리가 들렸다. ……이건 꽝.

그 옆의 버튼을 누르자 내 목적대로 인터폰에 설치된 외부 카메라가 켜졌다.

그곳에는 스마트폰을 만지는 료마 선배가 제대로 비쳤다.

"……우와, 진짜 멋있는데……."

혼잣말을 중얼거리자 타이밍 좋게 선배가 돌아봤다.

"이거랑 정월 참배라니, 무조건 귀찮은 시선 받을 거 같은데……. 저 모습으로 옆에 서면 분명 긴장할 테고……. 아니! 뭐야 이거. 아무리 그래도 나 너무 순진하잖아……."

선배한테 안 들리니까 본심을 말할 수 있다. 생각한 것을 당당하게 말할 수 있다.

──나는 계속 그렇게 생각했다.

『아니아니, 뭐냐고 할 건 내 쪽이라고. 갑자기 집으로 돌아가는가 싶더니 이런 장난을 치는데…….』

"장난일 리가 없잖아."

『예예. 빨리 나와.』

"……."

『응? 아이라?』

어, 어라……. 나 지금, 선배랑 대화를 한 것 같은데…….

『자, 장난도 끝났으니까 빨리 정월 참배 가자고? 감상이라면 엄청 부끄러웠으니까. 처음에는 진심으로 말하는 거 아니냐고 착각해버려서……. 아하하.』

"…………허?! 자, 잠깐만. 거짓말이지?! 정말로 들렸던 거야?!"

『아이라가 통화 버튼을 눌렀으니까 여기까지 목소리는 들려. 아니, 안 그러면 이번 장난이 성공할 수가 없잖아?』

"……."

이때 깨달았다. 첫 번째 버튼을 눌러서 밖의 소리가 들린 것은 통화 버튼을 눌렀기 때문이라고…….

"그, 그러네. 안 그러면 성공할 수가 없으니까 말이지?"

『응, 그렇겠네.』

어찌어찌…… 살았나 보다.

목소리 톤이라든지 평범하게 진지했으니까 틀림없이 못 얼버무리겠다고 생각했는데.

이런 게 태연하게 통하는 건 이 선배뿐이겠지, 분명히.

이미 둔감의 레벨을 넘어서는 것 같아서 무서운데.

『그럼 기다릴 테니까. 조금밖에 못 봤지만, 기모노 잘 어울렸어.』

"……바보."

『어째서?!』

짜, 짜증 나……. 완전 둔감한 데도 칭찬해주길 바라는 건 칭찬하는 그거!

뭔가 이렇게까지 자폭하고 나니 차라리 진심이라 말해서 주도권을 잡을 걸 그랬다.

멋있다는 것 정도는, 자기가 거울을 보면 알 수 있을 테니까…… 말이지?

* * * *

"있지, 료마 선배. 행선지 말인데 타이신 신사면 되겠지?"

"물론."

시각은 열시 십오분. 료마는 아이라와 어깨를 나란히 하고서 타이신 신사로 향하고 있었다. 여기서부터 도보로 20분에서 25분이면 도착하는 큰 신사였다.

"아, 옆에 서서 생각했는데 키가 좀 자란 거 아니야? 아이라."

"그랬으면 기뻤겠지만 말이지—."

"어?"

"크게 보이는 이유는 샌들이야. 자, 이거 굽이 높아서."

"아, 그래서 그런가."

"이거 다리도 안 아프면서 키도 높여주니까 꽤 좋은 아이템이거든. 아, 다리보다 내 얼굴을 봐."

"얼굴?"

그렇게 시선을 마주한 순간, 곧바로 피해버린 것은 아이라였다. 그녀는 앞머리를 만지며 엉뚱한 방향을 봤다.

"아, 역시 됐어. 이제 보기 없음."

"그건 뭐야. 뭔가 이상한 일 꾸미는 거 아냐?"

아이라는 아직도 긴장이 가시지 않았다. 이상하게 여겨지지 않으려고 이렇게 예방선을 치는 것은 어쩔 수 없는 일.

"나, 나랑 그게, 위치를 바꿔준다면, 이유를 가르쳐주지 못할 것도 없는데."

"위치?"

"그래. 매번 료마 선배는 차도 쪽으로 가주잖아? 그러니까 그걸 바꿔준다면 말하겠다는 거야."

"아……. 딱히 이건 아이라를 위해서 하는 일이 아니니까 신경 쓸 것 없어. 어쩐지 이쪽으로 가는 게 차분할 뿐이니까."

"풉, 그게 뭐야. 좀 더 제대로 된 말은 없어?"

우습다는 듯 입에 손을 댄 아이라.

"알아차렸다면 딴죽을 걸진 말아달라고……."

"일단 어필해두는 편이 선배도 기쁘지 않을까 싶어서. 아니야?"

"딱히 감사를 받으려고 그러는 게 아니니까."

"폼 잡기는."

찰딱, 다정한 어깨 박치기를 한 그녀는 기쁜 듯이 입가를 끌어올리고 뾰족한 송곳니를 드러냈다. 이 송곳니가 보일 때는 꾸며낸 미소가 아니라 진심으로 기뻐하고 있는 거라는 사실을 료마는 모른다.

"있잖아, 다른 이야길 좀 해도 될까?"

"딱히 그렇게 확인할 필요 없어. 뭔데?"

"료마 선배는 어떤 연말을 보냈을까— 싶어서. 이거 사람마다 제각각이라 재미있으니까 많은 사람들한테 물어봤거든."

즐거운 것을 무척 좋아하는 아이라다운 화제였다.

"으음…… 31일 이야기인데, 아침부터 계속 대청소였어. 그리고 평소보다 호화로운 요리를 만들고, 해넘이 국수도 만들었어."

"호—, 그거 무척 충실한 거 아냐?"

"이런 계절인데도 땀이 날 정도였으니까 힘들었지만. 아이라는 어떤 연말을 보냈어?"

느긋이 보낼 수는 없었다, 라고 쓴웃음을 그리며 물었다.

"나는 30일에 친구네 집에서 자고, 31일에는 겨울방학 숙제를 하면서 뒹굴뒹굴했지."

"아하하, 그건 그것대로 좋은 연말이네. ……그래서, 숙제는 순조롭게 진행되고 있는 거지?"

"숙제를 내팽개치고 노는 것부터 우선하진 않아. 일단 시험 성적은 1등이니까 신용할 수 있겠지?"

"그, 그러고 보니 그랬지."

"니히히, 겉모습에 속기 없음. 이라나 뭐라나."

장난을 좋아하고 (좋은 의미로) 허물이 없는 구석도 있으면서 서점에서 알바하고 있을 땐 방해를 하는 그녀지만 실제 성적은 우수 그 자체.

고개를 왼쪽으로 돌려서 눈을 마주하자 그녀는 '뭔데?' 라는 듯 어깨를 부딪쳤다.

"조금 안심해서. 나도 그렇지만 아이라도 즐거운 모양이니까."

"그야 당연히 즐겁지. 타이신 신사에는 데빌짱이 있을지도— 하는 기대도 있고, 겸사겸사 료마 선배랑 같이 정월 참배도 가는 거니까."

"나는 덤이냐."

조금 전의 답례로 아이라의 어깨를 가볍게 두드린 료마는 빤히 보이는 딴죽을 걸었다.

"하지만 타이신 신사에 히메……가 아니라, 데빌짱이 그린 소원판이 있더라는 문자는 정말이야? 봤을 때는 깜짝 놀랐는데."

"나도 말로 들었을 뿐이니까 모르겠지만 틀림없을 거야. 엄청 잘 그린 일러스트가 있었다는 모양이고, 데빌짱이라는 펜네임은 좀처럼 없고, Pixie fan box? 같은 사이트의 자기 소개문에는 우리 현에 산다고 적혀 있으니까."

"호, 호오……."

데빌짱의 엄청난 팬인 아이라는 자신이 아는 정보를 차례차례 가르쳐주었다.

"열광적인 팬이 걸었을 가능성도 없진 않겠지만, 소원판은 거짓말을 적는 곳이 아니니까 본인이 썼다는 게 자연스럽잖아?"

"그, 그러네."

료마는 맞장구를 쳤지만 마음속에는 확신에 가까운 심정을 품고 있었다.

본인이 건 소원판이겠지……라고.

료마는 데빌짱의 정체를 알고 있기에, 확실하게 연결시킬 수 있었다.

작년에 정월 참배를 갔는지 확실하지는 않지만, 애인 대행을 할 때에 약속 장소는 전철을 타지 않고서도 갈 수 있는 거리였고 게다가 같은 대학교에 다니고 있기도 했다.

사는 장소는 틀림없이 가까울 것이고, 그것은 다시 말해…… 히메노의 자택에서도 가까운 장소에 타이신 신사가 있다는 의미다.

상황 정리만으로도 모순은 어디에도 없었다.

"그럼 여기서 좋은 걸 가르쳐줄게."

"오, 뭐야뭐야?"

"바로 데빌짱에 대해서."

"어?!"

한쪽 입가를 씨익 끌어올린 아이라는 길고 가는 검지를 내밀고서 입을 열었다.

"데빌짱은 있지, 엄청 어리고, 조그맣고, 마스코트 캐릭터 같이 귀여운 사람이래."

"호, 호오…… 그건 헛소문 같은 거 아니야? 펜네임으로 활동하니까 외모를 겉으로 드러낸 적은 없을 테고."

데빌짱의 정체는 비밀. 실제로 아이라의 말 자체는 옳은 만큼 무심코 옹호로 향하는 료마였다.

"나도 인터넷의 정보는 안 믿는 타입이지만, 코믹 마트라는 이름의 행사에 참가한 사람이 데빌짱을 봤다! 라고 그러니까 믿어버리게 되네."

"코, 코믹 마트……? 그 이름은 어디서 들은 적이 있는 것 같은데……. 여름이랑 겨울에 개최되는 이벤트였던가?"

"그래! 세계 최대의 만화 행사라는 그거!"

"……괴, 굉장하네, 그거. 그런 곳에도 참가한다니……."

일에 대해서는 엄격한 히메노는 자신의 실적을 이야기하지 않았다.

그 결과, 차례차례 처음 듣는 정보를 맞닥뜨리는 료마였다.

"굉장한 건 그것만이 아니라고? 데빌짱의 인기는 거기서도 장난이 아니라서, 출품한 작품은 금세 완판되고 드물게 나오는 19금 만화는 더더욱 빨리 팔린다고 해."

"그, 그렇구나……."

작가의 얼굴을 아는 만큼, 하물며 친구인 만큼 어떤 리액션을 취하면 좋을지 곤혹스러웠다.

히메노가 그런 쪽 장르에도 손을 대고 있다는 사실은 의외였던 것이다.

"그리고 완판 후에는 귀여운 옷을 입고 동업자네 판매원도 한대."

"파, 판매원?"

"그래그래. 데빌짱은 간판을 들고 서 있을 뿐이라는데, 그 장소의 매상은 두세 배로 뛰어오른대. 엄청 귀여우니까."

이 말을 들은 순간, 료마의 가슴에는 답답한 감각이 번

지고 있었다.

"데빌짱은 사진 촬영 거부라서 인터넷에 사진이 돌지는 않지만, 그 이벤트에 참가한 사람이라든지 그쪽 업계에서는 『미니 텐(天)데빌』이라고 할 만큼 유명해서, 트위터로 검색하면 『엄청 귀여워!』 같은 게 왕창 튀어나와."

"미니 텐데빌……? 새우 텐동 같은 그 이름은 또 뭐야."

"정확하게 말하면 『조그마한 천사 악마』이고, 그 약칭이 『미니 텐데빌』이라는데."

서두를 떼고, 아이라는 알기 쉽도록 공들여서 설명했다.

"데빌짱 옆이 된 서클은 손님이 옆으로만 빨려드니까 악마로 보인다. 판매원으로 돈다면 매상이 뛰니까 천사로 보인다. 그리고 조그마한 외모까지 전부 합쳐서 『미니 텐데빌』이 된 거지."

"뭐, 뭔가 조금 더 괜찮은 이름이 있을 것 같은데……. 아하하."

인기가 있으면 있는 만큼 집객력은 강하다. 그런 강적 옆에서 만화를 파는 작가가 본다면 확실히 히메노는 악마로 비칠 것이다.

들은 사실 자체에 딱히 걸릴 것은 전혀 없었다. 전혀 없지만, 또다시 말로 표현하기는 어려운 감정이 깃들었다.

"나는 이미 엄청 팬이니까 올해 코믹 마트는 반드시 참가할 생각이거든. 그러니까 료마 선배도 같이 어때?"

"그, 그건 사양할게."

"야한 책도 팔 텐데, 괜찮겠어? 쓸 거잖아?"

하얀 치아를 드러내며 아이라는 싱글싱글했지만, 히메노가 다른 남자들에게 둘러싸인 모습을 상상하는 것만으로 어째선지 마음이 움직이지 않았다.

"뭐…… 그보다도 여름 축제라든지, 그쪽 이벤트에 아이라랑 가고 싶네."

"그것도 좋네! 그럼 코믹 마트는 친구랑 갈 테니까 선배는 나랑 여름 축제에 가는 걸로!"

"알았어. ……아직 1월이니까 한참 남았지만."

"그건 그렇지만, 제대로 기억하라고? 나도 확실하게 기억해둘 테니까."

"물론 그럴 생각이야."

"니히히, 고마워."

몸을 앞으로 숙이고서 올려다보는 아이라. 포니테일로 묶은 머리카락이 흔들리고 감귤 계열의 향기가 감돌았다.

그렇게 즐거운 대화를 계속하며 걸음을 옮기기를 수십 분.

눈앞에는 타이신 신사의 입구로 이어지는 돌계단이 보였다.

타이신 신사의 문을 막 지난 뒤였다.

"역시 혼잡하네. 어, 저 사람 기모노 귀엽지 않아?"

"빨간 기모노도 귀엽네."

"봐. 저쪽에 있는 사람도."

"오오—. 저것도 좋네."

"자자, 저기 저 사람도."

"……."

"있지, 료마 선배는 누가 제일 귀엽다고 생각해?"

마지막에 양손 검지로 자신을 가리킨 아이라는 꽃이 피는 듯한 미소를 지었다.

칭찬해달라는 오라를 전개해서 어필하고 있지만, 이렇게나 명백하게 묻는다면 장난을 치고 싶어지기도 한다.

"귀엽다고 하면 저 사람 아닐까? 아이라가 세 번째로 칭찬한 사람."

"어?"

아이라는 표정이 싹 굳었지만 금세 또다시 미소로 돌아왔다.

조금 전과 다른 점을 하나 들자면, 자신을 가리킨 양손 검지를 밑으로 향한 것.

"료마 선배. 지금부터 발을 밟아도 될까? 그거 나막신이니까 위에서 밟으면 엄청 아플 거라 생각하는데."

"아하하…… 농담이야."

굳은 미소를 지으며 변명했다.

나막신. 그것은 스니커처럼 발가락이나 발등을 지켜주지는 않는다. 그 상태에서 밟힌다면 절대로 못 참는다. 료마는 식은땀을 흘리며 변명했다.

"그럼 다시 한번 찬스 줄게."

"귀여워, 아이라가 제일."

"니히히, 한 번 더 말해보실까."

"귀엽습니다……."

"응응. 그걸로 됐어."

칭찬한 순간, 기분이 좋아진 아이라.

칭찬해달라는 오라와 위협에 져버린 결과이기는 하지만 조금 전의 일은 정말로 일종의 농담이었다.

그 증거로…… 라고 하기에는 약할지도 모르겠지만, 남성들이 찌를 듯한 시선을 연이어 보내왔다.

그것은 기모노를 입은 아이라가 귀엽기 때문, 미인이기 때문임에 틀림없었다.

평소의 그녀는 갸루 느낌 전력 개방이지만 기모노를 입으면 단아한 느낌이 있어서 어딘가의 영애처럼 보이는 것이리라.

"뭐, 아까는 억지로 말해버렸는데, 정말로 잘 어울려, 아이라. 귀엽다고 생각해."

"……읏, 저, 저기? 그렇게 생각했다면 빨리 말해줬으면 좋았을 텐데……."

아이라는 안절부절못하고 시선을 헤매면서 입을 가볍게 삐죽이고 말했다.

추위 탓인지 귀나 얼굴은 어렴풋이 붉은색을 띠고 있었다.

"다만…… 응, 정말로 고마워. 역시 억지로 말을 시키는 것보다 평범하게 칭찬을 받는 게 제일 기뻐."

그리고 뺨을 긁적이며 수줍어했다.

"그럼 료마 선배는 조금 우쭐한 거 아냐? 이런 나를 옆에 데리고 있으니까 말이지?"

"우쭐한 거 아니냐면 부정하진 못하겠지만…… 그 대신에 많은 사람들이랑 눈이 마주치고 있으니까."

신사라는 사람들이 많이 모이는 곳에 오고서 여실하게 느꼈다. 하지만 비슷한 체험을 하고 있는 사람은 하나 더 있었다.

"아―, 그런 거 그냥 신경 쓰지 마. 오히려 당당하게 있으면 돼. 나는 여자들이 노려보기도 하니까."

"어? 무슨 나쁜 짓이라도 했나?"

"이 나이 먹고서 그런 짓 안 해. 노려보는 건 '새해 벽두부터 괜찮은 남잘 데리고 있기는 이 자식' 같은 느낌이야."

"농담이 늘었네."

"응? 진짜야."

"…….''

"완전 진짜."

"아니, 어쩐지…… 그런 말을 들으면 나쁜 기분은 아니니까 믿고 싶은 참이기는 한데."

료마는 갑자기 허둥지둥했지만 표정 자체는 희희낙락하는 느낌이 있었다.

"료마 선배는 자기평가가 낮다니까. ……그러니까 내 부탁을 하나만 들어줘."

"부탁?"

"나한테서 떨어지지 말 것. 이것뿐이야."

못을 박듯이 료마의 가슴께를 손가락으로 쿡 찌르는 아이라였다.

"어쩐지 선배가 혼자 있는 참을 노리는 여자가 있을 것 같으니까. 새해부터 그거 떼어내는 건 좀 참아줘."

"아하하, 그럴 일은 없다니까. 애당초 여긴 신사니까 그런 부류는 없겠지."

"그렇게까지 말한다면 손이라도 잡아서 안심시켜주지 않을래……? 아, 지금 그건 정정. 일단 손잡아. 이걸로 더 이상 떨어질 일은 없을 테니까."

"아니, 지금은 참배 행렬에 서 있을 뿐이니까 손은 안 잡아도 함께 있잖아?"

"무슨 소릴 하는 거야. 전혀 함께가 아니라고…… 으차."

"아…….."

"니히히, 빈틈이다."

말꼬리에 힘을 실은 그 목소리를 듣는 사이, 아이라는 손을 뻗어 료마의 손을 붙잡았다.

아이라는 곧바로 힘을 꽉 싣더니 "더는 안 놓을 거야—"라는 듯 빨간 혀끝을 내밀었다.

"사실 내 손이 추워서 그러거든? 단순히 따뜻하게 데웠으면 해서. 료마 선배 손, 따끈따끈하고 큰 손이라는 건 아니까."

"그, 그런 거면 좀 더 빨리 가르쳐주지……."

"바로 말할 수 있었다면 했을 거야. (기모노 입은) 선배한테 익숙해지는 데 시간이 걸렸으니까."

"예예."

"이걸 알아차리고 먼저 손을 잡아줬다면…… 내 심장은 쿵쾅쿵쾅 뛰었을 텐데?"

대담한 행동 탓에 수줍은 심정을 얼버무리듯, 서늘한 손을 꾸물꾸물 움직이는 아이라.

"아, 아니…… 미안하지만 알아차릴 여유가 없었거든. 기모노 입은 아이라는 평소와 다른 인상이고, 정월 참배에 일대일은 긴장되니까."

"그거 그냥 순진한 것뿐이잖아?"

"묵비권 행사."

"니히히. 뭐, 여자를 마구 갈아치우는 남자보다 순진한 사람이 나는 좋지만. 반대 입장이라면 료마 선배도 그럴 거잖아?"

"뭐, 그렇지."

동의하면서도 아이라가 꺼낸 별것 아닌 그 한마디는 료마를 동요하게 만들었다.

그것은 애인 대행 알바를 하고 있었으니까. 그리고 또 하나──.

『료마를 좋아해주는 상대까지 상처 입힐 우려가 있어. 어떤 사정이든 다른 이성을 데리고 있는 시점에서 좋은 인상 따윈 가질 수 없으니까.』

카야의 이 말이 머릿속에 흐른 영향이었다.

"뭐, 줄을 설 건 예상할 수 있었으니까 장갑 정도는 가져올 걸 그랬네."

그 일은 일단 잊어버리려고 반쯤 억지로 이야기를 돌린 료마였다.

그리고 한 시간이 지났을 무렵.

"오, 조금만 더 있으면 참배할 수 있겠네."

참배할 본전이 가까이 보였다.

"어쩐지 엄청 빠르게 느껴지지 않아? 나는 그렇게 느꼈는데."

"그렇게 불안해하지 않아도 나도 마찬가지야. 아이라랑 대화하는 거 즐거웠어."

"그럼 다행이네. 나 계속 떠들기만 했으니까 '슬슬 입 좀 다물어줘' 같은 생각을 해도 이상하진 않다고 생각했거든?"

"그렇게 생각했다면 말로 했겠지. 그런 일은 일어나지 않을 테지만."

"꽤나 호감 산 느낌인데? 나."

"그렇지 않았다면 같이 정월 참배를 오지도 않았어."

"그러네. 그렇다면 안심이야—."

이때 안도한 표정을 지은 아이라에게 료마는 곧바로 말했다.

"그래서 아이라한테 부탁이 있는데…… 일단 손을 놓지 않을래?"

"미안하지만 그건 싫어."

"어어……."

두 사람이 신사에 도착해서 손을 놓은 것은, 손을 씻으려고 했을 때의 한 번뿐.

그때 말고는 계속 잡고 있었다.

"일단 놓고 싶은 이유 정도는 들어보겠는데."

"어, 어어…… 나, 손에 땀을 흘렸으니까 말이지?"

"딱히 나는 신경 안 쓰는데."

"내가 신경 쓰인다고……. 역시 불쾌하긴 하잖아?"

"아니, 진짜로 그렇진 않아. 싫어하는 애였다면 몰라도, 나는 손을 잡고 싶은 사람이랑 잡고 있으니까."

"어……. 그, 그렇구나……."

"그래."

변화구로 날아든 솔직한 말.

어안이 벙벙한 표정을 드러낸 순간, 아이라는 해냈다는 얼굴로 바라봤다. 작전에 걸려들고 만 것은 틀림없으리라.

"그래서 이대로 계속 잡을 거니까 말이지? 호잇."

맥 빠지는 '호잇'이 들린 뒤, 조금 전보다도 손에 온기가 느껴졌다.

아이라가 아프지는 않을 아슬아슬한 힘으로 힘껏 붙잡은 것이었다.

"잠깐?! 그렇게 힘껏 잡으면 더 심해진다고……."

"니히히, 꼴좋다."

그녀는 이제 즐거워하는 장난꾸러기의 미소를 그리고 있었다.

"자―, 빨리 '이대로 계속 잡을 거니까 말이지?'라는 대답을 들려주지 않으면 더더욱 힘을 실어버릴 건데."

"아, 알았어 알았다니까! 손은 계속 잡고 있어도 되니까 힘은 풀어줘……."

"솔직해서 좋은데?"

"억지로 솔직하게 만든 건 대체 누구냐고."

김빠지는 대답을 하자 힘이 느슨해졌다. 참 억지스러운 해결이다.

"연하는 이 정도가 딱 귀엽다니까. 제멋대로 굴지 않고, 응석도 부리지 않고, 전부 혼자서 해내는 완벽한 아이보다는 말이지?"

"뭐, 뭐어……. 확실하게 말할 수 있는 건 아이라는 도가 지나치다는 거지만."

"그, 그건 용서해줘. 나한테는 응석을 부릴 수 있는 상대가 별로 없으니까……. 아! 오늘 참배할 때 료마 선배의 안녕을 기도해줄 테니까."

"그게 뭐야……."

용서를 얻기 위해서 신의 힘을 교환 조건으로 했다. 벌을 받아도 이상하지는 않다.

"그러고 보니 말이지, 선배는 뭘 기도할지 이미 정했어?"

"물론 정했어. 그래 봐야 하나뿐이지만."

"하나인가. 그럼 있지, 그 소원을 맞히면 포상으로 신사 근처에 있던 노점에서 뭔가 사주지 않을래? 배도 고프니까 마지막에 들르고 싶거든."

"오, 그 정도라면 괜찮아. 못 맞힐 테고."

『맞혔다고 해서 기도 내용을 바꾸는 건 없음!』 같은 말이 한 번도 나오지 않은 것은 신뢰받고 있다는 증거.

두 사람은 완전히 승리를 확신했지만 승리의 여신이 미소 짓는 것은 한 사람뿐이었다.

"그럼, 한자 네 글자 『가내안전』."

"어……."

"맞혔지?"

멍한 표정과 득의양양한 표정이 마주했다. 자웅이 가려진 것을 알기에는 충분한 표정이었다.

"마, 맞히긴 했는데…… 어떻게 알았어?"

"그게 말이지, 선배는 욕심이 없고 주위를 우선시하는 타입이니까, 소원이 하나라면 이것 정도밖에 없겠지? 애당초 나는 이길 수 있는 승부밖에 안 하니까."

"……."

고등학생에게 완전히 당한 20세 료마.

"그러니까 기대하고 있어. 비싼 거 받을 테니까."

"저, 적당히 말이지?"

"응응!"

그녀에게서는 사양의 '사'조차 엿보이지 않았지만 이것만큼은 당연한 요구였다. 그에 더해서 기분 좋게 고개를 끄덕이는 지금 모습을 보면 내기하기를 잘했다고 생각될 정도다.

그런 대화를 나누며 간신히 두 사람에게도 참배 차례가 돌아왔다.

함께 새전을 넣고 절 두 번 박수 두 번 절 한 번의 기본 예법으로 기도를 했다.

『올 한 해도 가내안전하게 지낼 수 있기를.』

소원이 하나뿐이었던 료마는 금세 참배를 마쳤다.

그리고 아이라와 함께 나갈 타이밍을 맞추려고 곁눈질로 모습을 확인했을 때, 아직 눈을 감고서 양손을 맞댄 그녀를 보았다.

그녀의 용모를 돋보이게 만드는 기모노. 진지한 표정에 차분한 행동거지.

어른스러운 그 모습은 평소의 아이라와는 뭔가 다르게 보였다.

참배 후, 수여소(授與所)*에서 점괘와 소원판을 산 두 사람은 주위에 방해가 되지 않는 위치로 이동해서 대화를 재개

---

*신사에서 부적 등을 다루는 곳. 신사의 물품은 판매하는 것이 아니라 수여하는 것이라고 하여 이렇게 부른다.

했다.

"우와, 말길이 나왔어……. 제일 어떻게 반응하기 힘든 건데."

"그런 말 하면 안 돼."

점괘에 대해서 먼저 말을 꺼낸 것은 아이라였다.

"료마 선배 점괘는 뭐였어?"

"나는 소길."

"……."

아이라는 말로 표현할 수 없는 이상한 표정을 지었지만 무슨 말을 하고 싶은지는 알 수 있었다.

"아이라 씨, '그쪽도 반응하기 복잡한 거잖아' 같은 표정은 그만두지 않겠습니까?"

"아쉽게도 꽝이야. 이건 '서로 맥 빠지는 걸 뽑았네'라는 표정."

"그렇습니까……."

아무리 그래도 이것은 어려운 문제이리라. 맞힐 수 있을 리도 없었다.

콩트 같은 대화를 나누며 점괘의 내용을 살펴봤다.

"오! 내 학문은 『안심하고 면학에 힘써라』라는데. 올해부터 수험생인 나한테 이건 재수가 좋네."

"그건 잘됐네. 아니, 아이라가 연애를 언급하지 않는 건 별일이네. 가장 먼저 언급할 것 같은데."

"그게, 재수 없는 게 적혀 있으니까 말이야―.『지금은 안 됩니다』래."

"어, 그것참 딱 잘라버리네……."

점괘치고는 무척 힘이 들어간 문장이 아닐까. 친구가 상대라도 무어라 대답할지 어려운 표현이었다.

"이건 예시라고? 이건 예시지만, 새전함에 동전 던지면서 『료마 선배랑 사귀고 싶어요』라고 부탁했다 치잖아? 그러고서 점괘의 『지금은 안 됩니다』를 본 경우, 어느 쪽을 믿으면 좋을지 알 수가 없단 말이지."

"아하하, 그건 그래."

"이야기가 나왔으니까 료마 선배 것도 가르쳐줘. 연애 부분."

"나? 내 건……."

"뭔데?"

"……."

"응? 왜 그래?"

아이라는 보게 되었다. 미간에 주름을 만들고서 묘한 표정인 료마를.

"저기, 내 건 『한결같은 마음이 사랑을 깊게 만든다. 행동으로 보여라』라는데."

"어쩐지 의미심장하네, 그쪽은."

"……뭐, 점괘를 너무 믿는 건 좋지 않으니까 가볍게 받아들이기로 할게."

"그렇지. 나도 반 정도만 믿기로 할래."

이런 결론에 다다랐지만, 이것은 서로 짚이는 바가 있기에 나온 말이었다…….

가령 짚이는 바가 없다면 '이건 말도 안 돼' '안 믿어 안 믿어' 등의 말이 나왔을 테니까.

"일단 내 건 신사에 묶어둘까. 소원판을 적은 다음에 같이."

"그게 좋겠네. 어, 아이라한테 이거 건네어둘게."

그 타이밍에 료마는 숄더백 안에서 신품 유성펜을 아이라에게 보여줬다.

"자, 받아. 소원판 적으면서 써."

"어, 일부러 준비해준 거야?!"

"데빌짱 소원판이 장식되어 있었다고 하니까 아이라도 그림을 그릴까 싶어서."

"역시—! 소원판 사는 데서 펜을 빌릴 생각이었는데 정말 고마워!"

"소원판은 조금 더 안쪽에서 적을까. 더 집중할 수 있을 것 같으니까."

"그러네. 나도 그렇게 말하려고 했어."

오른손에 펜, 왼손에 소원판을 든 료마와 아이라는 의사소통을 하고 또다시 이동을 시작했다.

"……지금 생각하면 있지, 소원판을 적는 사람은 무척 적지 않아? 뭐, 적으니까 이 자리를 얻을 수 있는 거지만."

"점괘랑 다르게 소원판은 수고가 드니까 피하는 사람이

많을 거라 생각해. 정월은 바쁜 시기이기도 하고."

료마는 숄더백을 책상으로 쓰는 요령으로, 아이라는 기모노 띠에 소원판을 걸고서 적는 태세에 들어갔다.

"그래서 말이지, 아이라. 슬슬 딴죽을 걸어도 될까?"

"뭔데?"

"아무리 생각해도 거리가 가깝지 않아? 우리."

료마는 왼쪽을 향해 말을 건넸다. 눈앞에는 가느다란 눈썹을 추켜올린 그녀의 얼굴이 있었다.

"나도 그 생각했어. 어쩐지 어깨가 닿네, 우리."

"아니, 아이라가 몸을 기대니까 그런 건데."

"아, 귀찮아?"

아이라는 고개를 갸웃거리며 물음표를 띄웠다.

"귀찮다기보다 소원판을 잘 못 적겠어."

"떨어질까?"

다음으로 고개를 왼쪽으로 기울였다.

"가능하다면."

"살을 맞대고서 온기를 얻고 있는데?"

그리고 고개를 더욱 왼쪽으로 기울였다. 약삭빠르게 느껴지는 액션을 취했다.

약점을 파고들었다며 확신하는 것이리라. 즐거워하는 표정이 엿보였다.

"나는 알아. 딱히 춥지도 않은데 '살을 맞대고서 온기를 얻어봤다'라고 한다는 걸."

"니히히, 그렇지 않다니까."

"감출 생각도 없다니까……."

주목해야 하는 부분은 싱글대며 부정하는 모습. 아이라의 성격상, 지금 꺼낸 말은 틀리지 않으리라.

게다가 그녀는 이 상태 그대로 대화를 진행했다.

"있지, 료마 선배. 이 소원판 다 적으면 다른 사람 소원판도 둘러봐도 될까?"

"물론이야. 유머 센스 있는 소원판이 적혀 있기도 할 테고. 매년 SNS에서 화제가 되는 그런 거."

"그래그래. 작년 말인데, 나 괜찮은 소원판을 발견했거든."

"오, 그건?"

"어린애가 적은 게 분명한 소원판인데, 그 아이, 『헤라클레스장수풍뎅이가 되고 싶어』라고 커다란 글자로 신한테 소원을 빌었어."

"헤라클레스?! 하하핫. 그건 귀엽네."

"그렇지? 이런 흐뭇한 녀석이 좋단 말이지―. 정말로 이루어져 버리면 어쩌려고? 하는 생각도 들고."

재미있다는 듯 눈가에 호를 그리는 그녀.

확실히 이런 화제를 무척 좋아한다는 사실은 평소부터 함께하며 알 수 있었다.

"그러니까 소원판을 걸 때에 재미있는 소원판이 있다면 나한테도 가르쳐줘."

"뒤에 다른 사람이 없으면. 폐를 끼칠 수는 없으니까."

"응, 그걸로 충분해. 뭐, 진짜 목적은 데빌짱의 이름이 적힌 소원판을 찾는 거지만."

"그거 말인데…… 확률이 무척 희박하지 않을까? 데빌짱의 소원판이 정말로 봉납되었더라도 수백 개 중에서 찾아낸다는 느낌이잖아?"

"아무리 그래도 모조리 뒤질 건 아니야. 데빌짱은 자그맣다는 정보가 있으니까 아래쪽 단을 집중적으로 찾을 생각. 어린애가 건 소원판도 밑에 있을 테니까."

"아……. 그렇구나. 가능성은 그쪽이 높겠네."

히메노의 외모와 성격을 아는 료마는 이 의견을 긍정했다.

발돋움을 해서 위쪽에 소원판을 거는 모습보다 쪼그려 앉아서 소원판을 거는 그녀의 모습이 훨씬 와 닿았다.

"무언가 우연이 겹쳐서 소원판을 걸고 있는 데빌짱을 발견할 수 있을지도―. 그게 가장 빠른데."

"아, 아하하……. 그러네."

"어쩐지 미묘한 표정 아냐? 료마 선배."

"그렇지 않아. 혹시 만난다면 긴장할 것 같다고 생각했을 뿐이야."

"니히히, 그건 나도 그러니까 괜찮아."

흥미진진하게, 밝게 동정하는 아이라와는 다르게 료마는 애써 지은 쓴웃음으로 답했다.

그것은 얼굴을 마주하는 것이 거북한 상황이기 때문이었다.

8일 전 크리스마스이브.

히메노와의 애인 대행을 마치기 직전. 히메노에게 안겨서 료마도 그녀를 끌어안고 말았다.

본래라면 안긴 시점에서 주의를 주어야만 했다. 경고를 해야만 했다.

대행인이라는 입장을 잊고, 료마는 규칙을 위반하는 과도한 접촉을 시도하고 말았다.

그러고는 집으로 돌아갔고, 대화는 했지만 정말로 간단한 메시지뿐.

『히메노, 헤어질 때는 정말로 미안했어. 용서해줘.』

『아니, 그건 히메노가 잘못했어. 히메노가 먼저 끌어안았으니까…….』

『아니, 내 잘못이야. 대행인인데도 그런 짓을 해버려서.』

끝내는 '피차 잘못했다. 이건 흘려 넘기자'라고 결론을 내렸지만, 그 이후로 메시지는 보내지 못했다.

거리감을 더는 알 수가 없었다. 어떤 표정을 지으면 좋을지 알 수가 없었다. 그것이 큰 이유였다.

"──그러니까 지금은 소원판을 적는 데 집중하자고? 료마 선배도 잘못 적고 싶지는 않잖아?"

"참고로 나는 벌써 적었는데."

"진짜?! 보여줘보여줘."

"정말로 전혀 재미없는데 그래도 되겠어?"

"괜찮아!"

조금 전보다도 몸을 더 기대며 소원판을 들여다보는 아이라에게 소원판을 보여주자 갑자기 소리 내어 읽었다.

"가족 모두가 아무 일 없이 행복할 수 있기를, 인가."

주위에는 들리지 않을 작은 목소리로.

"그렇지? 재미없잖아?"

"뭐, 재미있는 내용이라고는 못 하겠네."

아이라는 솔직한 의견을 진지한 표정으로 말했지만, 다음 순간에는 씨익 표정을 바꾸었다.

"그래도, 엄청 좋은 소원이잖아. 애당초 웃기려고 소원을 비는 것도 아니고."

"가르치려고 들다니 건방진 후배구나."

"니히히, 불만 있어?"

료마는 시건방지게 멋 부린 말투로, 그러면서도 송곳니를 드러낸 귀여운 미소로 자신을 바라보는 그녀에게 "없습니다"라고 마음속으로 전했다.

"그렇다면 나도 료마 선배를 따라서, 가족 소원으로 해야지."

"호오?"

"문장이 겹치지는 않도록 하자는 고집은 있으니까……
나는 이걸로 할게."

소원을 정했는지 소원판에 펜을 스스슥 움직이더니 그녀는 금세 사자성어를 완성했다.

사인처럼 유연하고 힘찬, 모양이 깔끔하게 정돈된『무병식재(無病息災)』라는 글자였다.

"해, 행서도 쓸 줄 아는구나? 아이라는."

"매주 서예 학원에 다닌 덕분에."

"서예 학원을……? 그건 의외일지도."

"지금 성격으로는 안 믿을 거라 생각하지만, 어릴 적에 나는 소극적이고 진지한 아이였으니까 말이지? 친구랑 노는 것보다 공부를 우선했고, 시험에서는 90점 이하를 받은 적도 없었으니까."

"농담 같은 게 아니라?"

"진짜로."

여기서 예상 밖의 과거를 알게 되었다. 거짓말이나 농담을 하는 말투도 아니었다.

"그런 학창 생활을 보냈으니까, 갸루라든지 반짝반짝하는 사람을 동경했거든."

"아이라한테 그런 과거가……. 그러고 보니 초등학교, 중학교 때 이야기는 못 들었던가."

"참고로 료마 선배는 어느 쪽이 좋아? 소극적이고 진지한 나야, 지금 같이 경박하고 갸루 느낌인 나야?"

곁눈으로 바라보며 그렇게 묻는 아이라는 유성펜을 턱에 대고 있었다.

'대답할 때까지 안 돌려줘'라는 의사 표시일까.

"음─. 어느 쪽이 좋으냐…… 인가. 진지하게 대답하면 나는 지금 아이라 쪽이 좋아."

"진짜? 그쪽을 고를 줄은 몰랐는데. 갭을 보고 싶다— 같은 이유로 보통은 반대쪽을 고르잖아."

"물론 그런 아이라도 신경은 쓰이지만, 지금 성격이 더 많이 웃어줄 테니까 좋은 건 그쪽이야."

고개를 끄덕이며 생각한 것을 그대로 대답했다.

"그거 말이지, 날 생각해서 하는 말 아냐? 나한테 지금 이 좋을 것 같으니까 이쪽을 고르자! 같이."

"그런 생각은 없어. 아이라의 밝은 모습이나 미소에서는 항상 기운을 받으니까 그쪽을 골랐을 뿐이야. 게다가 지금 아이라도 충분히 진지하다고 생각하는데."

"흐, 흐—응."

"뭐, 내가 고른 쪽이 아니면 알바 중에 방해를 당할 일은 없을 테지만."

"올렸다가 내렸다가 하는 그건 뭐야! 기왕이면 마지막까지 칭찬하라고."

"아하하, 미안미안."

역시나 아이라였다. 예상 그대로, 아니, 기대 그대로 딴죽을 걸었다.

"하지만 나는 지금의 아이라가 가장 빛나는 게 아닐까 생각해. 물론 알바를 방해해달라는 건 아니지만, 가게가 혼잡한 정도라든지 일이 진척되는 상황을 보고 움직여주고 그 덕분에 클레임이 들어온다든지 하지도 않으니까."

"어, 어 그래……. 그렇게 부끄럽게 만들려고 해도 헛수고니까."

내뱉듯이 말하는가 싶었더니 얼굴을 아래로 향하고서 기모노를 손으로 터는 동작을 취한 그녀는 료마와 눈을 마주치려고 하지 않았다.

수줍은 모습을 감추는 것은 일목요연.

"딴죽 걸어도 돼?"

"안―돼. 그보다 소원판 봉납하러 가자고? 둘 다 전부 적었으니까. 그리고 펜 고마워. 지금 돌려줄게."

"예―. 그럼 갈까."

"예이예이."

건네받은 펜은 숄더백에 다시 넣고 소원판 봉납 장소까지 걸어갔다.

"있지…… 선배, 데빌짱 소원판 있을 거라 생각해?"

"지금 그걸 물어?"

"심심풀이 이야기로 해줘."

"아이라한테는 미안하지만, 걸려 있지 않을 것 같기는 하네."

"못 찾는 게 아니라?"

"이건 소원판에 일러스트가 그려져 있다고 가정했을 경우인데, 데빌짱은 바쁜 하루하루를 보내는 모양이니까 거기까지 그림을 그리기는 어렵지 않을까 싶어서."

"괜찮은 추측이잖아?"

히메노는 크리스마스이브의 데이트에서 말했다.

'다음 일은 1월부터'라고. 그 말을 바탕으로 한 대답이었다.

"하지만 말이지, 그만큼 유명하다면 일은 빠를 테니까 모른다고? 그럼이라면 특기일 테니까!"

"확실히 그것도 일리 있네."

심심풀이로서의 화제는 이미 충분. 이 대화가 끝나자 소원판 봉납 장소에 도착했다.

"운이 좋네. 볼 시간을 조금 더 얻을 수 있겠어."

"그러게. 시간 있을 때 이것저것 보고 가자."

지금 소원판을 봉납하는 손님은 아무도 없고, 보아하니 뒤에 기다리는 사람도 없었다.

절호의 타이밍이라고 할 수 있었다. 아이라는 곧바로 봉납된 소원판으로 다가갔다.

"남의 소원을 볼 수 있는 기회는 좀처럼 없으니까……. 아, 벌써 재미있는 소원판 발견!"

"어? 어디어디?"

"어흠. 『신님. 나는 초능력을 갖고 싶어. 모든 것을 파괴하는 힘을!』이라는 녀석. 도치법도 잘 써서 괜찮지 않아?"

"아, 아하하……. 그렇게 연기하면서 읽을 것까지야. 캐릭터는 제대로지만."

대체 무엇을 파괴하고 싶은지는 모르겠지만 그것을 신경 쓰는 것은 촌스러운 짓이리라.

"……아, 나도 발견. 『아빠가 내 방을 깨끗하게 청소해주 길』이래."

"니히히, 나만큼 약삭빠르네, 얘. 장래가 기대되잖아."

"이 소원판을 본 아버지는 웃으면서 딴죽을 걸겠지. '자기 방은 자기가 정리해'라고."

그때의 모습을 상상하자 자연스럽게 미소가 나와 버렸다.

"료마 선배, 아이들 좋아한다는 오라를 너무 내뿜는다고. 혼자만의 세계에 들어가서는."

"아핫, 이런 것에는 약해서."

"……웃, 어, 그래."

지금 미소를 그대로 아이라에게 향하자 그녀는 눈을 크게 뜨고서 뺨을 긁적였다.

"어쩐지 다정한 아빠가 될 것 같아, 선배는. 그리고 응석을 받아주다가 응석받이 아이도 만들 것 같아."

"그건 정답일지도……."

"뭐, 나쁜 여자한테 붙잡히지는 않도록 해. 다정한 사람은 정말로 쉽게 속아 넘어가니까."

"제대로 기억해둘게."

"여고생이 대학생한테 할 말이 아니잖아? 이거. 보통은 반대야."

"확실히."

고등학교 2학년이라고는 해도 정신연령이 높은 아이라이기에 이루어지는 대화.

딴죽 역시도 정확했다.

"그럼 소원판 더 찾으러 갈까? 아, 혼잡할 때는 바로 나갈 수 있도록 먼저 우리 소원판을 봉납하는 편이 나으려나?"

"찬성."

어른의 의견을 건네준 아이라의 말에 수긍하고 먼저 소원판 봉납을 마쳤다. 그러고는 다시금 흐뭇한 소원판이나 재미있는 소원판을 찾기를 4분.

"아앗!"

갑자기 이렇게 목소리를 높이는 아이라.

"왜, 왜 그래?"

"료마 선배, 이 사람 그림 봐. 엄청 귀엽지 않아?! 게다가 잘 그렸어!"

"어디어디…… 앗?!"

그녀가 가리킨 그 소원판을 본 순간이었다. 료마의 머릿속은 새하얘져 버렸다.

"2차원 오리지널 캐릭터라든지 센스 있네. 게다가 올해 간지인 소 요소를 골라서 파카를 뒤집어씌운 건 역시 대단하지 않아?"

"그, 그러……네."

답한 말은 그림에 대한 감상이 아니라 동조뿐.

이렇게나 동요한 것은 잘 그린 일러스트를 보았기 때문이 아니었다. 이 소원판에 적힌 동글동글한 글자를 봤기 때문, 이었다.

"일러스트에 주목해버렸는데…… 이런 소원도 좋네. 나는 부끄러우니까 이런 거 못 적겠지만."

이 소원판에 적힌 문장은——.

『연애 성취. 시바의 애인이 되겠다. 행복한 일 년을 보내겠다. T 대학, 카시와기 히메노』

마음을 잇댄 소원이었다.

"……."

카시와기 히메노. 료마는 그 이름을 안다. 소원판에 적힌 이름도 짐작이 간다.

게다가 료마와 히메노가 다니는 대학교의 이름은 추도 국립대학.

이니셜로 따지면 T 대학. 이 소원판을 적은 인물에 대해 확신하지는 않았다.

다만 9할 이상 누가 적은 것인지는 머릿속에 떠오르고 있었다.

작년, 이 신사에 데빌짱의 소원판이 있었다는 목격 정보. 올해엔 바로 그 본인의 이름과 잘 그린 그림.

이렇게나 상황이 갖추어졌다면 이제는 그렇게 생각할 수밖에 없었다.

"아, 그러고 보니 료마 선배 성씨도 시바지? 어쩌면 이거 본인이 대상이라고 생각했다든지."

"아, 아하하. 그럴 리 없어. 그냥 이름이 같으니까 놀랐을 뿐이야."

얼버무리는 것이 고작.

이 소원판을 적은 인물이 정말로 자신이 아는 카시와기 히메노라면──, 보아서는 안 될 것을 보고 만 상황.

료마의 심장은 이제껏 없었을 정도로 격렬하게 뛰고 있었다. 숨 쉬기 힘들 정도로.

"이 사람, 이래저래 훌륭하네. 일러스트도 글자도 귀여운데 소원만큼은 힘차고."

"소, 소원이……?"

"그게 말이지, 보통은 『~되기를』 같은 식으로 마무리하겠지? 하지만 이건 『애인이 되겠다』라고 마무리했잖아. 내 생각이지만 시바 씨는 여자랑 엮이는 일이 많은 사람이고, 그래도 나는 지지 않을 거야─! 같은 의지가 있어서 그런 거야."

소원판을 적은 인물이 히메노라면 료마가 애인 대행을 한다는 사실을 당연히 알고 있다.

아이라가 말했다시피 히메노의 입장에서는 그렇게 생각하는 것도 무리는 아니었다.

그녀는 마치 명탐정 같은 추리를 선보였다.

"소원판을 적을 때도 누구의 소원인지 신이 알 수 있도록 개인 정보를 드러내는 편이 낫다고 그러니까, 정말로 그 마음은 강할 거라 생각해. 풀 네임과 대학교 이름을 적는 경우는 좀처럼 없으니까."

"그, 그러니까 진심…… 같다는 거야?"

"소원판에 봉납했다는 건 거짓말이 아니란 거라고. 그중에는 적당히 봉납하는 사람도 있을 테지만, 이런 귀여운 일러스트까지 그려놓고 진심이 아니라는 건 말이 안 돼."

"그, 그런가……."

시간을 들여서 완성한 소원판에 엉성한 마음을 품었을 리가 없다. 그것이 아이라의 생각. 그에 부정적인 말은 나오지 않았다. 료마는 자연스럽게 얼굴이 뜨거워졌다.

"슬슬 나갈까. 저기 있는 사람, 지금 펜을 돌려줬으니까 슬슬 이쪽으로 올 테고."

"아이라는 더 이상 안 봐도 되겠어?"

"만족했으니까 충분해. 뭐, 데빌짱의 소원판을 찾지 못한 건 아쉽지만."

"……."

실제로 아이라는 데빌짱의 소원판을 발견했을 가능성이 높다.

하지만 히메노가 실명을 사용했다는 사실을 모를 뿐.

이것이 펜네임의 강점이라는 것이리라.

"그럼, 다음은 노점 가자! 료마 선배한테 제대로 얻어먹을 거니까!"

"노점의 상품을 세 가지 말이지. 파악."

"니히히, 뭘 먹을까—."

"그럼, 대체 지금부터 얼마를 빼앗기는 걸까."

이런 대화를 나누며 소원판 봉납장을 나서서 노점으로

향했다.

이때, 료마는 조금씩 진지한 스위치를 켜고 있었다.

본론을 입에 담을 시간이 시시각각 다가오고 있었으니까.

"이런! 이 타코야키 엄청 맛있어!"

"그런 표정으로 먹어주니까 산 보람이 있네. 치즈가 든 거랑 어느 게 더 맛있어?"

"전부!"

"아하하, 그건 잘됐네."

그 후, 신사 앞에 설치된 노점에서 여러 음식을 산 두 사람은 근처에 있는 공원 벤치에 앉아서 식사 중이었다.

"료마 선배도 빨리 먹으라고? 안 그러면 내가 전부 먹어 버릴 건데."

"그때는 또 사 올 테니까 괜찮아."

"대식가인 나한테 그런 소리를 해도 되겠어?"

"오늘은 시간을 바꿔서 만나줬으니까 그에 대한 답례야."

무슨 일이 있었을 때에 책임을 질 수 없으니까 정월에 만나기로 한 료마. 그것을 받아들여 준 아이라에게는 감사했다.

"딱히 그런 거 신경 쓸 필요 없는데. 덕분에 즐거운 건 내 쪽이니까. 그보다도 자, 타코야키 먹으라고? 식으면 아까워."

"고마워."

그 재촉에 젓가락을 뻗어 타코야키를 집어서는 입에 넣자 아이라는 미소와 함께 확인했다.

"그렇지? 맛있지?"

"응응."

고개를 기울이며 확인하는 아이라에게 고개를 끄덕여서 답했다.

"그래, 정말로 맛있는데…… 기모노에 소스가 묻지 않도록 조심해야겠어."

"그럼 내가 먹여줄까? 젓가락을 잘 쓴다고 칭찬받을 정도니까 맡겨도 괜찮은데."

"불길한 미래가 보였어, 지금."

타코야키를 먹일 때에 입가에 묻는다. 그게 떨어져서 기모노 위에 착지. 누구라도 상상할 수 있는 흐름이리라.

"그렇다면 프랑크 소시지로 할래?"

"그건 그냥 먹이는 의미가 없잖아?"

"그럼 나한테 먹여준다든지?"

"……."

"뭔가 말하고 싶은 표정이네?"

그 '뭔가'는 제안한 그녀가 가장 잘 알 것이다. 미처 감추지 못하는 싱글싱글이 드러나 있었다.

"그렇게 까불어대면 억지로 먹일 테니까."

"억지로 먹인다니 야해라. 어쩐지 이거 사면 다들 야한 소리 하지 않아?"

"그런 소리 안 해. 게다가 여고생이 할 이야기가 아니 잖아……."

"곤란해하는 그 표정을 보고 싶었달까나."

니힛, 웃는 그녀는 그런 대답을 하고 쾌청한 하늘을 올려다봤다.

그리고 그것은 별것 아닌 행동이 아니라 스위치 전환이었던 것이다.

"……그래서 말이지, 료마 선배. 오늘은 대체 무슨 일이야? 중요한 이야기가 있다면 지금 해도 돼."

"어?!"

"그렇게 안 놀라도 타이밍 살피던 건 알았으니까. 이틀 전에 전화로도 그런 이야기를 하겠다고 했으니까."

"그런가……. 아까 야한 이야기로 넘어가려던 이유를 알겠네. 이 이야기를 하기 전에 조금이라도 분위기를 가볍게 만들려던 거구나."

"별로 효과는 없었지만."

"정말이지, 아이라한테는 못 당하겠어……."

연하임에도 불구하고 상황을 만들어주었다. 료마는 항복했다는 듯이 손을 들더니 어깨를 으쓱였다.

"게다가 오늘은 분위기가 달랐으니까. 내가 알콩달콩하려고 해도 계속 수세적으로 한 발짝 물러난다는 느낌으로."

"……."

"이야기할 내용이 딱딱한 거라면, 밥이라도 먹으면서 느긋하게 이야기하자."

마치 모든 것을 깨달은 듯한 분위기가 감도는 아이라.

가벼운 말투이면서도 비취색 눈동자는 진지한 기색을 드리우고 있었다.

"그러네. 고마워."

그 모습을 보고 감사를 전하며 료마는 각오를 다졌다.

"그럼 이야기할게"라며 서두를 떼고 눈을 감았다.

"……."

"……."

조금 틈을 두고 본론을 입에 담았다.

"오늘은 말이지, 아이라와 지금의 관계를 해소하고 싶다는 이야기를 하러 왔어."

"어?! 우, 우와……. 진짜? 그거 나한테 가장 치명적인 얘긴데……."

"미안해. 제멋대로라는 건 알아……."

이제까지 말하기 힘들었던 이유였다. 아이라에게 상처를 주고 만다는 것을 알았으니까. 그래도 이것은 누나 카야와 약속한 일.

자신이 뿌린 씨앗은 자신이 거두어야만 한다. 그 책임에서 도망쳐서는 안 되는 것이다.

이미 1개월의 계약 기간은 끝이 났다. 그만둔다면 이 타이밍밖에 없었다.

"료마 선배는 있지, 어째서 그런 소릴 하는 거야……?

나랑 외출하는 게 그렇게나 부담이라든지?"

"그렇지 않다는 건 아이라가 제일 잘 알 거라 생각해."

"그럼 이유를 설명해줘. 그렇지 않고서는 납득은 못 하니까."

아이라는 젓가락으로 집어 든 타코야키를 돌려놓고 쓸쓸한 표정으로 바라봤다.

"응…….지금부터 아이라한테 비밀로 했던 일을 이야기할 테니까."

"부탁할게."

자신 안에서 이야기 정리는 마쳤다. 이제까지의 일들을 전부 밝히는 것이다.

"……실은 나, 서점 알바 말고도 다른 알바를 하나 더…… 애인 대행 알바도 하고 있었는데, 이번 일은 그게 원인이야."

"애, 애인 대행? 그게 뭐야."

"썩 와 닿지는 않을 거라 생각하지만, 의뢰인한테 돈을 받고 애인인 척을 하는 알바야. ……물론 내용이 내용이니까 가족한테 보고하지 않고서."

"걱정시켰겠네, 그건."

"말 그대로야……."

"그럼 그 알바를 가족한테 들켜서, 내 계약이랑 형식적으로 닮았으니까 양쪽 다 그만둬야 한다는 느낌이겠네?"

"응…….돈과 관계된 일이라면 언젠가 틀림없이 트러블이 발생할 테니까. 게다가 서로 가족에게는 비밀인 계약을 한 시점에서 무언가 벌어졌을 때에는 가족 사이의 다툼으로 발전할 테니까, 이래선 안 된다고 생각해."

애인 대행 알바를 하는 사람이 료마뿐이라는 사실이 이번 일의 복잡한 점이다. 카야가 설득한 내용을 그대로 전하더라도 의미가 없는 것이다.

"뭐, 그건 그렇지만…… 나와의 계약을 지속한다는 선택지는 없는 거야? 그게, 애인 대행 알바니까 벌어지는 트러블이랑 나와 계약을 해서 벌어지는 트러블은 별개잖아? 틀림없이 나랑 계약하는 편이 안전할 테고……."

애인 대행이라는 일을 아이라는 전혀 모르지만 제대로 된 의견을 이야기했다.

"선배는 그런 알바를 할 성격이 아니니까. 좋아서 하는 건 아니고, 돈 때문에 하는 알바잖아? 그렇다면 나와의 계약은 지속하는 편이 낫지 않을까?"

리스크가 적으면서 돈을 벌 수 있는 방안을 제시하는 그녀. 며칠 전의 료마에게 이렇게 말했다면 생각은 해보았을 것이다.

하지만 카야와 그런 대화를 나누었기에 이미 결의는 굳었다.

"확실히 나는 돈을 벌려고 그 알바를 했어. 시급도 좋았고, 한 푼이라도 많은 돈을 벌 수 있다면 누나의 부담을 덜어줄 수 있을 테니까."

"누나? 부모님이 아니라?"

"이것도 아이라한테 말하지는 않았지만, 우리 부모님은 어릴 적에 돌아가셨어. 그래서 고등학생 시절부터 누나랑 둘이서 살고 있어."

"아!"

"그래서 학비는 누나 혼자서 마련해주고 있는 상태니까 더더욱 벌어야만 한다고 생각했거든. 하지만 애인 대행 알바를 들키고…… 이야기를 들었더니 내가 잘못하고 있다는 걸 깨달아서."

무슨 소리를 하는 것인가. 이 이야기만으로는 알 수 없으리라.

료마는 계속해서 말을 꺼내려고 한 그때, 작은 목소리가 들렸다.

"……좋은 누나잖아. 무슨 뜻인지 알겠어."

"어?"

"료마 선배가 돈을 벌어서 금전적인 부담을 덜더라도, 리스크를 지고서 하는 알바라면 누나의 걱정이 커져. 그러니까 결국에 부담은 줄어들지 않아. 오히려 단둘뿐인 가족이니까 걱정을 끼치는 쪽이 부담이 늘어나는 게 아닐까?"

"……아, 아하하. 아이라는 정말로 똑똑하구나, 그걸 몰랐던 나는 지독하게 혼이 났다고."

"그야 그렇겠지. 직설적으로 말하면 누나의 마음을 마구 짓밟는 거나 마찬가지니까."

"응……. 그때 듣고서 깨달았어, 나는."

애인 대행을 하지 않는 아이라가 어째서 그렇게까지 잘 아는 것인가. 그것은 부모님이 거의 집으로 돌아오지 않는다는 가정 환경도 영향을 미쳤으리라.

좋든 나쁘든 자유로운 환경에 있는 그녀가 어째서 상위의 학력을 유지하는지, 료마에게 주의를 받으면서도 제대로 보호 조치 시간 전에 귀가하는지.

그것은 가족에게 걱정을 끼치지 않기 위해서다.

그럼에도 불구하고 오빠 계약을 비밀로 하는 것은, 료마를 정말로 신용하고 있기 때문.

"그래서, 개심한 료마 선배는 지금 알바를 그만두고 일반적인 알바로 돈을 벌 생각이란 거지?"

"응. 이미 찾기 시작해서, 카페에서 알바를 할 생각이야."

다음 방학인 봄방학까지는 혼자서 맡을 수 있는 수준으로…… 그렇게 스케줄을 생각하고 있었다.

"하아. 그런 사정이 있다면 더 이상 아무 말도 못 하잖아……. 제멋대로인 주제에 나는 받아들일 수밖에 없고, 일단은 계약도 끝났으니까 불평도 못 하고."

"정말로 미안해……."

본인이 말했다시피 이것은 제멋대로인 이야기. 변명하지 않고 머리를 숙였다.

그런 료마에게 날아든 것은…… 예상 밖의 말.

"아니, 나도 미안해. ……정말로."

"어? 어, 어째서 아이라가 사과하는 거야?"

곧바로 고개를 들고 되물었다.

"그게…… 료마 선배의 가정 환경도 모르고 '인색하다' 같은 소리를 한 기억이 있으니까……. 게다가 오늘도 얻어 먹었고……."

"아하하, 무슨 소리를 하는 거야. 딱히 그런 거 신경 쓸 것 없어. 정말로 싫었다면 사지도 않았을 테니까."

"그 사정을 가르쳐줬다면 계약금을 좀 더 줬을 텐데. 지금이라도…… 필요해? 감사하고 있으니까 조금 더 줄게……."

"아, 그렇지, 깜박했어. 그 계약금 말인데――."

'계약금을 줬을 텐데'. 그 말에 떠올랐다.

료마는 벤치에 둔 숄더백을 열고 집에서 가져온 그 봉투를 꺼냈다.

"이건 아이라한테 돌려줄게. 돈이 줄어들지는 않았는지 확인해봐."

"……허?"

봉투를 본 그녀는 어리둥절해서 고개를 갸웃거렸다. 눈을 끔벅거리며 시선을 보냈다.

"이 봉투는 내가 준 거……잖아? 어, 영문을 모르겠는데……. 그러니까, 돈이 곤란한데도 계약금을 안 썼다는 거야?!"

"그래."

"아니아니아니아니, 그건 돌려줄 필요 없어! 계약금이라고?"

"원래부터 이 돈은 쓸 생각이 없었어. 계약했을 때의 사정이 사정이었고, 친구라면 더더욱 쓸 돈이 아니니까."

"……."

봉투를 내밀자 아이라는 이 마음을 헤아린 것처럼 한 손으로 받아주었다.

"그런가……. 안 받으면 곤란한 거네."

"응."

"그럼, 나랑 인연을 끊겠다는 거……구나. 뒤탈을 없애기 위해서."

"……응? 무, 무슨 소리야? 인연을 끊는다니."

료마는 처음에는 긍정했지만 다음 말을 듣고 물음표를 띄웠다.

"이 돈을 건네면 결국 나는 손해가 없잖아. 그건 내 기분을 헤아려서 만나지 않아도 된다는 거잖아……. 내가 손해를 안 보는 만큼, 문제는 생기지 않을 테니까."

"앗, 아—! 그런 생각은 없다고!! 앞으로는 평범한 친구로 지내려고 돈을 돌려주는 거야."

"허? 그거 진심으로 하는 말이야?"

"속일 의미도 없잖아. 아이라를 이상한 눈으로 보고 싶지도 않고, 아이라의 말도 빌리자면 뒤탈이 없는 친구가 되고 싶을 뿐이야."

"……."

이상한 눈으로 본다. 돈을 돌려주지 않는 것은 사장 영

애인 아이라에게 돈으로 엮이고 마는 것. 료마는 한 번, 그 런 상담을 받았던 적이 있다.

'돈을 목적으로 엮이려고 드는 녀석이 있다'라고.

그렇게 되지 않기 위해서라도, 그렇게 되고 싶지 않기 때문에 돈은 제대로 돌려주는 것이었다.

"자, 잠깐만. 정리를 좀 해주지 않을래?"

"물론."

"……어? 그렇다면 말이지, 계약을 해소해도 우리 관계 는 거의 변함이 없다는 거야? 친구라는 건 료마 선배가 알 바하는 곳에 가도 되고, 언제든지 메시지를 보내도 되고, 노는 것도 오케이라는 거니까……."

"저기, 그거 말고 있어?"

즉답에 침묵의 공간이 만들어졌다. 그것은 몇 초나 이어 졌을까.

"어?" 하는 료마의 목소리가 그것을 깼다.

움찔, 눈가를 움직인 아이라는 봉투를 붙잡지 않은 손을 위로 들고 주먹을 만들더니 료마의 머리를 향해 휘둘렀다.

"그렇다면 겁주기 없음!"

"아얏! 꾸, 꿀밤?!"

"그걸 처음에 말해야지, 어쩌려는 거야! 괜히 걱정했어! 그런 거면 아무 문제 없이 받아들이지!"

"미, 미안? 정말로 미안해."

"나는 인연을 끊는다고 생각해서 엄청 말리려고 했단 말이야!"

불안이나 긴장감으로 결론을 서두른 결과였다. 아이라의 말은 지당하리라.

"뭐, 앞으로도 관계가 남는다면 계약 해소 쪽이 나으려나."

"아이라……?"

"허세가 아니야. 확실히 계약을 갱신하고 싶다는 연락은 했지만, 오늘을 통해서 마음이 바뀌었으니까."

아이라는 그렇게 말하더니 갑자기 씨익 하고 놀리는 미소를 지었다.

"있잖아, 료마 선배는 카시와기 히메노라는 아이가 신경 쓰이는 거지."

"응?! 무, 무무무슨 소리야?"

아이라와는 관계가 없을 터인 이름이 나오는 바람에 그만 더듬고 말았다. 당황하고 말았다.

"지금 반응으로 확신했고, 솔직히 엄청 빨했다고. 그 카시와기 히메노가 적은 소원판을 봤을 때의 반응이. 애당초 시바부터가 드문 이름이고, 이 근처에 T 대학이라면 추도국립대학밖에 없고, 거긴 료마 선배가 다니는 대학교. 내가 이만큼 파악했으니까 선배는 좀 더 짚이는 게 있을 텐데."

"어, 아니……."

"덧붙이는 이야기인데, 이상한 관계가 될 만한 계약을 끊지 않고 마음에 둔 아이한테 어택할 수는 없는걸. 선배의 성격을 생각하면 상대가 싫어하는 일은 안 할 테니까."

"무, 무슨 얘기지…….."

"무슨 얘기지, 가 아니라고 정말. ……이렇게까지 일관적인 사람이 애인 대행 알바에 맞을 리가 없잖아. 다른 일을 하는 편이 낫다고."

"아, 아하하……."

아이라에게 설득당한 료마.

옆에서 이 광경을 본다면 선후배가 반대로 보일 것이다.

"……하나 물어봐도 될까?"

"뭐, 뭔데?"

"카시와기 히메노는 료마 선배가 애인 대행을 한다는 건 알아?"

"알아."

"흐응. 많은 여자랑 엮이는 알바를 한다는 걸 아는데도 좋아하는 마음이 변하지 않는다니, 대단하네."

"조, 좋아한다니…….."

그 말이 입 밖으로 나온 순간, 고동이 빨라졌다.

"역시나 『시바의 애인이 되겠다』라고 적을 정도는 되는구나. 어떤 사람인지는 모르겠지만."

"저, 저기……. 그 사람이 히메노라고 확정된 건 아니니까……."

뜨거워진 얼굴에 한 손으로 부채질하며 부정했지만 제대로 자기 무덤을 파는 셈이었다.

"어? 히메노? 평소에는 히메노라고 부르는구나."

"아―, 이런……."

"니히히, 료마 선배 너무 당황했어."

"하아……."

선배로서의 면목은 이미 박살 났으리라. 완전히 장난감 취급을 당하고 있었다.

"뭐, 계약 해소는 제대로 받아들일 테니까 앞으로는 자유롭게 지내자. ……돈도 확실히 받았으니까 이제부턴 진짜 친구로서 잘 부탁해."

"으, 응. 나야말로."

아이라가 건넨 손을 단단히 맞잡은 료마는 악수를 나누었다.

"자…… 그럼. 나는 잠깐 볼일 좀 보고 올게."

"알았어. 자리는 제대로 잡아둘 테니까."

"고마워."

타코야키가 든 용기에 고무줄을 감고 일어선 아이라는 천천히 화장실로 걸어갔다.

"아, 그래그래! 볼일 보러 가기 전에 내가 조언을 하나 해둘게."

"조언?"

"받아들일지는 선배 마음이지만."

조금 거리를 둔 참에 아이라는 고개를 돌려, 벤치에 앉아 있는 료마를 향해 평소 그대로의 음색으로 말했다.

"애인 대행을 그만둔다고 전할 때, 히메노 본인한테는

자기가 생각하는 걸 이야기하는 게 어때? 라는 거. 그런 멋진 소원판을 적어줬으니까 '히메노가 싫어하길 바라지 않으니까' 같은 식으로 전하면 틀림없이 기뻐할 거야."

"아."

"자기 의지로 그만두는 거니까 분명 누나의 말을 빌려서 납득시키는 것보다 자신의 마음을 전하는 편이 나을 거야. 전할 상대는 선배가 마음에 둔 아이니까 제대로 공략해야지. 본심으로서 더 강한 건 이미 그쪽이잖아?"

"……."

그 조언에는 확실한 온기가 있었다. 아이라는 눈이 마주치자 『알겠지?』라고 다정하게 못을 박듯이 미소 지었다.

"히메노. 착한 아이 같던데?"

"아, 아이라……."

"좋아하는구나?"

"아이라?"

"그럼, 다녀오겠습니다―."

한 손을 흔들고 기운차게 등을 돌린 아이라는 그렇게 화장실로 향했다.

"정말이지……."

멀어지는 그녀의 뒷모습을 보는 료마는 쓴웃음을 짓고 있었다.

그리고 금세 진지한 표정으로 바뀌었다.

『자신의 의지로 그만두는 거니까 누나의 말을 빌려서 납득시키는 것보다 자신의 마음을 전하는 편이 나아, 분명. 전할 상대는 선배가 마음에 둔 아이이니까 제대로 공략해야지. 본심으로서 더 강한 건 이미 그쪽이잖아?』

머릿속에서는 아이라의 조언이 재생되고 있었다.

* * * *

"하아……. 적한테 도움을 주다니. 나도 참 바보잖아."

료마 선배와 헤어진 나는 쾌청한 하늘을 보며 한숨을 흘리고 있었다.

"계약 해소가 낫다느니, 정말로 무슨 소릴 하는 걸까……."

그 오빠 계약은 선배와 친해지기 위한 작전이기도 했고, 선배가 애인을 만들지 못하도록 하는 제어 역할도 하고 있었다.

진지하고 신사다운 선배는 계약을 다하기 위해 제대로 애쓸 테니까.

계약을 나눈다면 만나는 일수가 줄어들거나 우선순위가 바뀌는 일은 배제할 테니까.

성실한 선배는 애인이 싫어하는 일을 피하기 위해서라도 인간관계라든지 계약이라든지, 모든 것을 해결한 다음에 애인을 만들려고 생각할 테니까.

하지만 그건 이제 끝.

애인 대행을 은퇴하고 알콩달콩할 수 있는 오빠 계약도

그만둔다면 제한이 사라진 것이나 마찬가지다.

혼자가 되어 현재 상황을 다시금 실감했다. 한숨은 몇 번이나 새어 나왔다.

"아─아……. 이럴 거라면 오빠 계약이 아니라 애인인 척 계약을 할 걸 그랬어."

오빠 계약이었으니까 완고한 선배는 오빠처럼 대해야 한다고 생각했을 것이다.

내가 아무리 공략해도 이성으로 보지 않으려고 했을 터.

"료마 선배가 인기 있다는 건 알았지만, 설마 선배가 마음에 둔 여자가 있을 줄은 몰랐으니까……. 아니, 갑자기 나온 카시와기 히메노는 누구냐고. 점박이물범처럼 이름은 귀여워가지고."

질투라는 것은 안다. 하지만 불평하지 않을 수도 없었다.

선배는 그 아이를 단순히 신경 쓰는 게 아니라 좋아하게 되었으니까…….

뭐…… 그게 어쨌는데? 그렇게 말하고 싶다. 허세이기는 하지만.

"료마 선배가 애인을 만들었다 해도, 그 자리를 노리면 안 된다는 법은 없으니까. 나는 아직 포기한 게 아니니까."

혼잣말은 멈추지 않았다.

나는 입술을 깨물고, 기모노 띠에 끼워둔 점괘를 꺼냈다.

"……."

보는 항목은 하나.

연애란에 적힌 『지금은 안 됩니다』라는 글자.

"……이게 뭐야. 이제까지 뽑은 점괘 중에 제일 어이없다고, 이 점괘만큼은……. 료마 선배의 애인이라니 무조건 행복할 텐데……."

툭하니 말이 흩어졌다.

"애인이 된 선배랑 헤어진다니, 그럴 리는 없겠지……."

허세의 스위치가 꺼진 것처럼…… 그 목소리는 떨리고 있었다.

분한 심정에 넘쳐흐른 눈물을 참듯이, 점괘를 손안에서 꽉 구겨버리는 아이라였다.

새해를 맞이한 1월 3일.

복슬복슬한 평상복에 발가락 양말을 신은 히메노는 업무용 방에 틀어박혀서 캐릭터 디자인 일에 몰두하고 있었다.

음악도 틀지 않고 난방도 틀지 않고, 홀로 조용한 공간에서 묵묵히 펜을 움직였다.

"……."

그런 가운데 요령 좋은 그녀가 업무 중에 병행해서 진행하는 일이 있었다.

그것은 일러스트 선을 딸 때, 켜둔 스마트폰 화면을 확인하는 것.

슬쩍 본 횟수는 사실 백을 넘었으리라.

그 스마트폰 화면에 표시되어 있는 것은 섣달 그믐날에 Twittet에 투고한 애인 대행 네 컷 만화. 료마와의 데이트를 그린 크리스마스 편이었다.

현재 좋아요 숫자는 4만하고도 9500. 그녀는 이 좋아요 숫자를 계속 확인하고 있었다.

"조금만, 더……."

히메노는 혼잣말을 하며 그때를 떠올렸다.

『좋아요가 5만이 되면, 많은 걸 해줬으면 좋겠어』라고 말했던 것을. 료마가 두말없이 승낙해준 것을.

그 목표 숫자까지 아주 조금 남은 지금이기에, 이제나저 제나 기다리는 것이었다.

"조금만 더, 힘내……."

툭하니 한마디를 던졌다. 이것은 일을 하는 자신에 대한 응원이 아니라 지금도 조금씩 숫자가 늘어나는 만화에 대한 응원.

히메노는 부탁할 내용을 이미 결정했다. 반드시 이루었으면 하는 것이 있었다.

그렇기에 걱정이었다.

"시바는 제대로 기억해줄까……."

뚝, 그때 펜이 멈췄다. 다섯 시간 이상이나 일러스트를 계속 그리던 그 손이 멈췄다.

"혹시 잊었다면…… 어쩌지. 잊지 않을 거야."

그 시점에서 집중 스위치가 완전히 내려갔다. 손에 든 펜을 내려놓은 그녀는 고개를 오른쪽으로 돌려서 어떤 인형을 봤다.

"후후……."

히메노는 그 순간, 자수정 눈동자에 기쁜 듯 호를 그렸다. 심장이 크게 두근거렸다.

그 마음을 조금 더 확인하듯 자그마한 테디 베어를 양손으로 끌어당기더니 소중히 품에 안았다.

그야말로 조금이라도 충격을 주었다가는 망가져 버릴 보물을 다루듯이.

"시바는 잘 지내고 있을까…….."

그 마음을 담아내듯 다정하게 힘을 실었다.

이것은 크리스마스이브에 선물로 받은 물건 중 하나로, 진열 장소는 일을 하면서 볼 수 있는 책상 위.

햇볕 때문에 색이 바래지 않도록, 상하지 않도록 햇살이 닿지 않는 적절한 위치에 장식했을 정도의 물건이다.

"빨리, 만나고 싶어…….."

이 한마디를 한 그녀는 그 뒤로 꿈쩍도 하지 않았다. 핑크색 게이밍 의자 위에 쪼그려 앉은 채, 오도카니 굳어 있었다.

시선이 향한 것은 한 곳. 천천히 늘어나는 네 컷 만화의 좋아요 숫자.

표정은 없었지만 가슴속은 조마조마하게 그때를 기다렸다——.

상황이 움직인 것은 그로부터 한 시간이 지났을 무렵.

"아!"

자그마한 테디 베어와 함께 리얼 타임으로 확인했다. 4만의 숫자가 움직여서 5만으로 바뀐 것이었다.

"해, 해냈어…….."

작품의 평판이 좋다면 당연히 기쁘지만, 이제까지 리얼 타임으로 따라갈 만큼 숫자를 의식한 적은 없었다.

금욕적인 성격 때문에 애매한 부분에서 일을 중단한 적

도 마찬가지로 없다.

애타게 기다리던 것은 보기만 해도 알 수 있다.

"……."

테디 베어를 부드럽게 원래 위치로 돌려놓은 그녀는, 다음으로 스마트폰을 손에 들더니 5만의 숫자가 나오는 증거 화면을 찍고 곧바로 트위트 DM으로 넘어갔다.

처음에 표시되는 것은 료마와의 대화 이력. 마지막으로 나눈 내용은 12월 24일 밤중. 『새해 복 많이 받아』라는 신년 인사는 없었다.

하지만 이렇게 되는 것도 어쩔 수 없으리라.

크리스마스 데이트 마지막, 두 사람은 과도한 접촉을 저지르고 말았으니까.

히메노가 먼저 료마에게 안겨들고, 료마 역시도 그녀를 끌어안는 포옹을.

이것은 양쪽 모두 애인 대행의 규칙을 위반하는 일. 어떤 이유가 있든 완전히 선을 넘은 접촉.

대학교에서는 친구로서 접하고 있기에 복잡한 관계가 되어버렸다. 어떤 메시지를 보내면 될지도, 거리감도 알 수 없을 정도로.

료마에게 미움을 받고 싶지 않았던 그녀는 그 후로 메시지를 꺼렸다. 그 결과가 이것.

"이럴 거라면 용기, 낼 걸 그랬어……. 이렇게 될 건 예상할 수 있었는데……."

회사에 소속된 대행인의 입장에서 보면 규칙 위반은 의뢰인보다도 무겁게 받아들여지는 법.

서로 흘려 넘겨서 비밀로 하자고 이야기를 매듭지었지만 포옹한 사실이 사라지는 것은 아니었다.

책임감이 강한 료마는 반드시 거리를 둔다. 그리 생각할 수 있었다.

DM에 기록되어 있다시피 이미 며칠이나 연락하지 못했다. 이전에는 빈도 높게 연락을 취했던 만큼 불안이 더해지는 요인이었다.

애인 대행이 아닌 데이트를 할지도 모른다. 고백을 받았을지도 모른다. 이성과 사귀기 시작했을지도 모른다.

그렇게 생각하는 것만으로 머리도 마음도 그저 답답하기만 했다.

그런 기분으로 계속 고민했기에, 5만이라는 숫자를 기대하고 있었다.

메시지를 보낼 구실이, 대화를 나눌 구실이 생겼으니까.

"이 메시지라면…… 괜찮아."

이제까지 연애를 한 적 없는 그녀는 모든 것이 임기응변.

바람직한 움직임인지 아닌지, 그런 것은 모른다. 행동 하나하나에 망설임이 생기고 만다. 좋아하게 된 남자가 상대이기에 당연한 일.

"으응……."

말로 표현할 수 없을 만큼 불안이 덮쳐들어도 이 기회를 놓칠 수는 없었다.

히메노는 애써 기운을 내어 손을 움직였다. 마지막까지 글자를 입력하고 실수가 없는 것을 확인한 뒤, 눈을 감고서 보냈다.

『시바, 늦어졌지만 새해 복 많이 받아.』

이것을 보낸 지금, 이제는 물릴 수는 없다. 다음으로 본론을 입력했다.

『오늘은 있지, 이 사진을 보여주려고 연락한 거야. 시바는 그때 약속 기억해?』

5만 좋아요를 달성한 사진과 함께 보냈다. 이제는 연락이 오기를 기다릴 뿐.

이 시간이, 긴장감으로 뒤덮였다. 아니, 무서워졌다는 쪽이 옳을까.

도망치듯이 DM 화면을 전환하려고 한 그때였다.

"......!"

1분도 안 되어서 료마가 읽었다는 표시가 붙었다. 그다음으로 답변 입력을 알 수 있는 빙글빙글 마크.

『응. 새해 복 많이 받아, 히메노. 그리고 만화 5만 좋아요 축하해. 본 순간에 오! 하고 목소리가 나왔어.』

"......기뻐. 정말로 기뻐......."

오랜만의 대화. 히메노는 무의식적으로 작게 목소리를 흘렸다. 의자에서 내린 다리는 진자처럼 움직이고 있었다.

『축하 고마워.』

『천만에요. 그래서 말인데, 물론 약속은 기억해. 히메노의 바람을 하나 이루어주는 거였지.』

『응.』

『5만 좋아요 목표를 세운 건 나니까 아무리 그래도 잊어버리지는 않아.』

포옹 트러블이 있었지만 료마의 문장은 평소와 마찬가지. 정말로 흘려 넘기는 모양이고 약속도 제대로 기억해주었다.

이제까지의 불안은 이미 기쁨으로 바뀌었다. 따끈따끈한 기분으로 감싸였다.

메시지 대화에 영향이 생기지 않도록 발가락을 구부려 기쁨을 참을 정도로…….

『시바는 지금 시간 괜찮아?』

『물론. 계속 스마트폰 만지고 있었을 정도로 한가했어. 아, 혹시 부탁할 내용을 정했다든지?』

『응. 정했어.』

『오, 뭔데뭔데.』

그리고 히메노는 안 될 것이라 생각하며 메시지를 입력했다.

오랜만에 대화를 나누었기에 듣고 싶어진 것이었다. 좋아하는 사람의 목소리를.

『억지라는 건 정말로 알지만, 전화할 수는 있어……?』

『전화?!』

『응, 전화.』

놀랄 것임은 알고 있었다. 그래도 전한 이유는 조금 더 가깝게 느끼고 싶었으니까. 아니, 료마의 시간을 독점하고 싶었다고 해도 될지도 모른다.

『어쩐지 별일이네, 히메노가 그런 식으로 이야기하다니. 이제까지 전화로 대화한 적은 없었던 것 같은데.』

『처음이니까 해보고 싶어. 하지만 어려운 일이니까 메시지라도 괜찮아.』

부정했으면 좋겠다. 그렇게 바라며 메시지를 보내자 그 마음은 제대로 전해졌다.

돌아온 것은 그녀의 의도를 헤아린 것 같은 내용이었다.

『아니, 모처럼 이야기가 나왔으니까 전화로 대화하고 싶네. 계속 연락하지 못했으니까 목소리로 대화하는 게 나는 좋아.』

"……읏, 왜 내가 원하는 거, 아는 거야……. 매번……."

숨을 삼키고, 금세 얼굴에 열기가 어린 히메노는 날아온 문장을 보고 혼잣말을 흘렸다.

하지만 메시지로는 지극히 평소 모습 그대로인 척했다.

『기쁘다니 정말?』

『거짓말은 안 해. 다만 전화니까 긴장은 하겠지만.』

『그건 히메노도 똑같아.』

『아하하, 그게 뭐야.』

"후후……."

같은 기분이다. 그것만으로도 히메노에겐 기쁜 일. 메시

지 대화만으로도 입가가 풀어졌다.

『시바, 지금부터 전화 걸게.』

『알겠어. 기다릴게.』

『기다려줘.』

이 대화를 마치고는 잠시 숨을 돌렸다.

마음의 준비를 하고 통화 버튼을 누르자 연결음 두 번째에 연결되었다.

"……여, 여보세요. 시바인가요?"

긴장감이 히메노를 덮쳐들었다. 첫 목소리는 웅얼대고 말았다.

그리고 그 목소리는 제대로 료마에게 전해졌다. 멋지게 급소를 찔렸는지 료마의 첫 목소리는 웃음소리였다.

『아하핫.』

"우, 웃는 건 실례야……."

『미안미안! 오랜만이네, 히메노.』

"응, 시바도 오랜만……."

이어서 그리운, 다정한 목소리가 들렸다.

이 목소리에 대답을 하며 그녀는 기쁘다는 기분으로 뒤덮였지만, 먼저 걱정거리를 보고했다.

그것은 자신의 결점이라고도 할 수 있는 것.

"히메노, 지금은 엄청 긴장했으니까 말이 조금 이상할지도……."

『괜찮아괜찮아. 그때는 제대로 딴죽을 걸 테니까.』

"전혀 안 괜찮아……."

심술쟁이. 그 네 글자가 머릿속에 떠올랐다. 불평 한마디 정도는 하고 싶어졌지만 료마다운 대답이었다.

"시바는 잘 지냈어……?"

『걱정해줘서 고마워. 감기에 걸리지도 않고 건강하게 지냈어.』

"그건 다행이야."

『히메노야말로 컨디션은 괜찮아? 그리고 일도. 1월부터 또 바빠진다고 그랬으니까.』

"아! 그, 그거 기억하고 있을 줄은 몰랐어……."

이 내용을 이야기한 것은 크리스마스이브의 데이트 중이니까 일주일 이상 전의 일.

료마가 제대로 기억하고 있었기에 히메노는 전화 너머로 눈을 끔벅거렸다.

『중요한 일이니까 그건 안 잊어버려.』

"중요한 일이야?"

『그야 그렇지. 히메노가 무리를 할 일이라면 업무 관련일 테니까 친구로서는 역시 걱정되기도 해.』

"시바의 수법을 조금씩 알 것 같아."

『어? 수법?』

"아니, 아무것도 아니야."

흥미를 끌어내는, 반하게 만들어버리는 수법을 말하는 것이었다.

107

질이 나쁜 건, 료마는 이걸 노리지 않고서 하고 있다는 점일까.

"아, 컨디션도 일도 순조로워. 조금 전까지 일을 했을 정도야."

『호오……. 히메노니까 아침에 일어난 뒤로 계속 일을 했다든지 그런 거 아냐?』

"오늘은 아직 다섯 시간 정도."

『다섯 시간?! 그건 긴 편 아니야?』

"딱히 예정도 없을 때는, 열 시간 정도는 해."

『열 시간이나 말이지…….』

정확하게 말하면, 히메노는 그 정도 시간을 들이지 않고 서는 대학교에 다니면서 일을 제대로 할 수가 없다.

료마가 그 진실을 알게 되는 것은 훗날의 이야기.

『역시 데빌짱이야.』

"웃, 그 호칭은 금지라고 했는데……."

『미안해. 어쩐지 놀리고 싶어져서.』

"……사실대로, 말해도 되는데."

『무, 무무무슨 소릴까?』

꺼낸 말에 돌아온 것은 명백하게 동요한 목소리.

"아까 '딴죽을 걸겠다'라고 짓궂게 말한 이유랑, 펜네임 으로 부른 이유. 히메노는 알아."

『무, 무슨 이야긴지.』

"후후, 부끄럽구나."

『예예.』

──모든 것은 전화의 긴장을 풀어주려는 것.

잔뜩 상대했던 히메노에게는 빤히 보이고 있었다. 이유도 없이 짓궂게 굴거나 놀리지는 않는다는 것을.

"……히메노, 조금 안심했어."

『안심?』

"시바가 평소 그대로였으니까. 새해 인사도 안 했으니까 조, 조금 거리를 두는 걸까 싶었거든. 크리스마스이브 때, 그게……."

술술 말이 나와 버린 것처럼 다시 꺼내고 말았다. 흘려 넘기자고 그랬던 이야기를.

『어, 어……. 뭐, 확실히 그런 이유 때문에 생각이 많아지는 것도 있었지만, 일에 방해가 될 법한 건 하고 싶지 않기도 해서. 아까도 이야기했지만 바빠진다는 건 들었으니까 그럴 때라도 말이지…….』

"……."

연락이 없었던 것은 배려를 해주었기 때문임을 이때에 알았다. 소중하게 대해주는 것은 틀림없다. 결코 그 행동이 기쁘지 않을 리는 없었다.

다만 본심을 말하자면 그런 배려는 받고 싶지 않았다.

연락이 없었던 기간, 불안이나 걱정이 가득했던 것이다.

고작 아흐레 동안이지만 몇 주는 지난 것처럼 길게 느껴졌다.

더 이상 이런 일이 벌어지지 않았으면 좋겠다. 이 강한 마음 덕분에 히메노는 한 걸음을 내디딜 수 있었다.

"히메노…… 시바가 잔뜩 연락해주는 게 기쁜, 데?"

용기를 낸 한마디는 홀로 있는 공간이 아니라면 절대로 들을 수 없을 만큼 작은 목소리.

『어? 나, 나?』

"……응."

히메노는 물러나지 않았다.

등을 구부리고, 수줍은 마음이나 긴장감과 싸우며 긍정했다. 지금, 최대한의 어프로치를 한 것이었다.

『어, 아, 그, 그게……. 고, 고마워. 그럼 다음부터는 사양 말고 연락할게.』

"약속이야……."

『응, 알았어.』

외풍이 들어오는 히메노의 방이지만 몸은 이미 땀이 날 정도로 뜨거웠다.

폭신폭신한 상의 지퍼를 열고 파닥파닥 차가운 공기를 몸으로 보내며 전화에 집중했다.

그녀는 아직 본론으로 넘어가지 않았으니까.

"그, 그래서…… 늦어졌지만, 지금부터 시바한테 부탁할 일을 이야기할게."

『오, 드디어 본론이네. 그래서 그 부탁은?』

이 재촉에 또렷한 목소리가 나왔다. 료마에게 부탁할 일은 훨씬 전부터 정해져 있었으니까.

"겨울방학 중에, 히메노 집으로 와줘."

『……허? 어어?! 집?!』

"그래. 히메노 집으로 와줘."

『어―. 미안해, 잠깐만. 정리할 시간을 줘.』

그렇게 료마는 시간을 청했지만 금세 확인에 나섰다.

『이, 있잖아, 히메노는 혼자 사는 게 아니었던가…….』

"혼자 살고 있어."

『…….』

망설이지 않고 말했다. 이런 그녀를 상대로 료마가 곤혹스러워하는 것은 무리도 아니었다. 여자의 집에 초대받는 것 자체가 처음이었으니까.

『저기…… 히메노는 아무런 저항감도 없어? 이래봬도 나는 남자니까, 이상한 짓을 당할 가능성 같이…….』

"이상한 짓, 할 거야?"

『아니, 안 한다고?! 다만, 나로서는 다른 사람들의 시선을 신경 썼으면 좋겠다고 할까……. 고지식한 소리라는 건 알지만, 히메노를 지키기 위해서라도 선을 그어줬으면 기쁘겠다고 할까…….』

"풋."

『지금 웃을 때가 아니잖아―?』

히메노는 우스워서 웃는 것이 아니었다.

정말로 걱정해준다. 귀찮을 정도로 생각해준다. 그런 다정한 마음과 닿았기에 웃음이 나온 것이었다.

정말 전혀 변함이 없는 료마였다.

"시바, 히메노는 잘 이해하고 있어."

『정말? 집으로 초대해준 건 기쁘지만, 썩 이해를 못 하는 것 같은데.』

"아니, 정말로. 그게 말이지, 집으로 초대한 건 시바가 처음……이니까."

『……그, 그래?』

"하지만 안 된다면 밖에서 노는 걸로 변경할 테니까, 괜찮아. 지금 이렇게 전화 상대를 해주고 있으니까 제멋대로 굴지는 않을래."

전화를 하고 싶다는 갑작스러운 바람을 들어주었다. 즐거운 시간을 만들어주었다. 그것만으로도 만족했다.

5만 좋아요의 소원은 전화에 썼다고 처리하더라도 이상하지 않았다.

이 이상을 바란다면 벌을 받는다. 솔직히 그렇게 생각했을 정도다.

하지만 이런 조심스러운 욕심이 료마를 움직였다.

『……알았어. 그럼 히메노 집에서 놀까. 열심히 노력해서 목표를 달성했을 테고, 신뢰해주는 건 기쁘니까.』

"응……."

목소리뿐인 대화라서 그런지, 음색에 깃든 료마의 기뻐 보이는 기분은 간단히 헤아릴 수 있었고 히메노의 마음에 와닿았다.

조금 전부터 상의 지퍼를 열어 열기를 방출하고 있지만 몸에서 더더욱 열이 발생하고 마는 사태에 빠졌다.

그녀는 폭신폭신 상의를 벗고 발가락 양말까지 벗었다.

『아, 그러면 언제쯤 예정을 만들 수 있겠어? 그날 방문하도록 할게.』

"저기…… 내일 말고는, 언제든 괜찮아."

『내일 말고는, 말이지. 내가 시간이 되는 건 모레인 5일이랑 다음 6일, 그다음이 9일이겠네.』

"그, 그렇다면 모레가 좋겠네. 가장 빠른 날……."

이런 요구를 받았지만 료마도 같은 기분이었다.

『알았어. 그럼 모레 점심때에 히메노 집으로 갈게.』

"알았어. 히메노 주소, 통화 마치면 보낼게."

『고마워.』

"……."

본론이 끝났다.

그것을 증명하듯 처음으로 대화가 끊어지고 침묵의 시간을 만든 두 사람. 이미 충분히 매듭은 지었고, 통화를 마친다면 이 타이밍이리라.

"……시바, 이만 전화 끊을까?"

물음표를 붙인 것은 조금 더 통화를 계속하고 싶은 마음. 그 마음은 일방통행이 아니었다.

『내가 아직 더 하고 싶다면 어울려줄래?』

"어울려줄게……."

『아하핫, 고마워. 그럼 조금 더 어울려주겠어?』

"응."

『그럼 다음은——.』

그리하여 전화는 속행되었다. 이번에는 료마가 리드하듯 화제를 꺼내고, 또다시 즐거운 시간이 생겨났다.

최종적으로 두 사람의 통화 시간은 두 시간을 넘었다.

이제까지 연락을 하지 않았던 것. 만날 수 없었던 것. 그런 시간을 둘이서 메우는 것만 같은 두 사람이었다.

그날 밤.

히메노는 컴퓨터를 이용해서 Happy 지식인이라는 이름의 사이트에 접속 중이었다.

Happy 지식인이란, 모르는 내용이나 물어보고 싶은 것을 투고하면 같은 이용자에게 답변을 받을 수 있는 사이트.

그녀는 이 사이트의 단골이다. 평소에는 연애 상담을 검색하고 투고 내용을 관람하며 만화의 영감을 얻기도 했다.

하지만 오늘은 그런 목적이 아니었다.

『투고한다』 버튼을 처음으로 누른 그녀는 글 제목에 『※급합니다』라고 입력한 뒤 문장을 적었다.

『여대생입니다. 모레 일인데, 우리 집으로 이성 친구가 오게 되었습니다. 저는 그 사람을 좋아하고, 그 사람도 제게 흥미를 가졌으면 좋겠습니다. 하지만 저는 이성을 집으로 부른 게 처음이고 연애를 한 적도 없습니다. 그러니까 이성을 처음 집으로 들였을 때에 남자가 기뻐할 일이나, "와!"라고 생각할 법한 일을 가르쳐주세요. 부끄러운 질문이지만 많은 답변을 주신다면 좋겠습니다. 잘 부탁합니다.』

히메노는 료마가 모르는 곳에 이 질문을 투고했다.

다음 날. 순수한 호감을 품은 이 질문이 Happy 지식인 조회수 랭킹에서 종합 1위를 달성하는 사태가 벌어졌다.

그 랭킹 효과는 발군이라, 답변란에는 수많은 응원이나 조언이 죽 늘어서 있었다.

* * * *

그리고 이틀 뒤. 정오를 지난 13시.

선물로 케이크 몇 개를 산 료마는, 히메노가 살고 있는 12층 아파트에 도착했다.

이 아파트는 오토록 방식.

입구에 설치된 기계에 방문할 집 호수를 입력하고 호출 버튼을 누르면 주인이 직접 열어주는 구조였다.

만전의 보안이 되어 있고 외부 장식도 공을 들였다. 집세는 그럭저럭 높을 것이다.

"……"

냉정하게 분석하는 가운데, 아파트 입구에서 걸음을 멈

춘 료마의 얼굴은 굳은 상태였다. 애인 대행을 할 때보다도 긴장감이 넘쳤다.

"하아, 이런 상태로 괜찮을까. 나는……."

이상한 짓을 할 생각은 요만큼도 없다. 그저 집에 들러서 노는 것뿐. 그것은 알지만 긴장을 풀 수는 없었다.

그 이유는 이미 뻔하다…….

──그녀를 이성으로 의식하고 말았다.

그런 심정이 료마의 마음에 깃들었기 때문이리라.

"후우……. 침착하게, 침착하게……."

이상한 인상을 주고 싶지 않다. 그 마음 하나로 어떻게든 평상심을 가장하고, 호출기 앞에 서서 검지를 뻗었다.

"으음, 507호……."

익숙하지 않은 기계를 조작해서 이 호수를 입력한 다음 호출 버튼을 누르고 몇 초 뒤, 기계에 내장된 스피커에서 목소리가 들렸다.

『네.』

누구세요? 라는 물음이 담긴 예쁘고 작은 목소리. 그 목소리의 주인은 들은 것만으로 알 수 있었다.

료마는 솔직하게 대답할까 싶었지만…… 조금 다른 대화를 해보자고 생각했다. 그것은 자신의 긴장감을 풀기 위한 것이기도 했다.

"나야 나."

『누구?』

"나야 나."

『누구.』

두 번의 공방. 두 번째는 첫 번째보다도 조금 강한 말투. 이 응수에 있는 힘껏 웃음을 참는 료마였다.

히메노에게는 상대를 종잡을 수 없는 발언인 것이다. 이렇게 되는 것도 어쩔 수 없으리라.

"나야. 케이크 사 왔어."

『무슨 케이크……?』

그리고 좋아하는 음식은 효과가 발군이었다. 이렇게 금세 달려든다.

"몽블랑이랑 쇼트케이크랑 초코케이크랑 밀크레이프."

『기뻐. 고마워.』

이 인사와 동시에 오토록 방식의 입구 문이 열렸다. 히메노가 방에서 열림 버튼을 누른 것은 틀림없었다.

『기다렸어, 시바.』

"……아, 나라는 거 알았어?"

『목소리를 들으면 알아. 그리고, 히메노가 좋아하는 케이크 샀으니까.』

"그건 그러네."

『그래도 장난을 치려는 건 알았어.』

"어울려봤다고?"

『응. 모르는 사람이라고 생각했다면 문은 못 열어.』

"아하하, 그도 그러네."

117

히메노도 목소리로 누구인지 판단해주었다. 고작 그것만으로도 기쁘다는 심정이 샘솟았다.

『시바.』

"뭐, 뭐야?"

『언제까지 이야기할 거야.』

"어? 아…….."

히메노가 무슨 말을 하고 싶은 건지 금세 이해했다.

료마의 시야에 비치는 것은 그녀가 열어준 문이 닫히는 광경.

『지금 문이 닫힌 걸 본 목소리가 들렸어.』

"한 번 더 열어줄래……? 문이 좀 기분이 나쁜 모양이야."

『바보.』

"아하하, 미안해."

『다시 한번 열게.』

"고마워."

그 말대로 금세 문은 열렸다. 아무리 그래도 이 이상 히메노의 수고를 더할 수는 없었다. 조금 전의 실패를 반복하지 않도록 움직였다.

"그럼 지금부터 갈게."

『응, 알았어.』

대화를 마치고 대리석 현관으로 들어가서는 곧장 엘리베이터로 향했다.

조금 전에 대화를 나누며 조금은 긴장을 풀 수 있었던 것이 다행이다.

천천히 안에 타서 '5' 버튼을 누르고 문을 닫으면 자동으로 올라간다.

그렇게 5층에 도착한 순간, 엘리베이터 유리창 너머로 여자아이가 보였다.

그 인물은 잘 아는 상대. 그녀는 문이 열리자 이렇게 말을 건넸다.

"시바, 기다렸어."

"서, 설마 마중을 나올 줄은 몰랐어. 고마워."

료마는 시선을 조금 내려 복장을 봤다.

폭신폭신한 긴 소매에 숏팬츠를 합친 평상복, 거기에 슬리퍼를 신은 편한 모습.

밖의 기온을 봐도 외출할 모습은 아니었다. 방에서 그대로 나왔으리라.

"……시바, 왜 그래? 왠지 보고 있는 것 같았어."

"어, 미, 미안. 히메노의 평상복은 처음 봐서, 그만……."

말했다시피 평상복 차림인 히메노는 처음이어서 그런지 한층 더 귀엽게 보였다. 그 탓에 그녀와 눈을 마주칠 수가 없었다.

"사실은 외출복이랑 고민했어. 하지만 집에 불렀을 때는 이쪽이 좋다나 봐."

"좋다나 봐?"

"아, 아니. 이게 좋다고 생각했어."

"으, 응. 확실히 움직이기 편할 테고, 귀엽다고 생각해."

"웃…… 그럼, 다행이야."

작게 고개를 끄덕인 히메노는 칭찬을 받아서 히죽대려는 입을 감추듯이 오른손을 대고 있었다.

"아, 여기 서서 얘기하면 히메노가 추울 테니까……."

"응, 방으로 가자. 안내할게."

"부탁할게."

피부를 찌르는 추위 가운데, 밖에 서서 대화를 나누는 것은 추천할 수 없었다.

조금 더 말한다면 히메노는 평상복이라 피부도 노출되어 있었다. 이웃 주민이 보는 것은 바람직하지 않았다.

"저기, 여기가 히메노 방."

엘리베이터 근처에서 조금 걸어 507호 앞에 걸음을 멈춘 히메노는 문손잡이를 잡고 현관문을 열었다.

"들어와."

"응, 실례합니다."

처음 들어가는 그녀의 집. 긴장을 감추듯이 인사를 하고 주인보다 먼저 현관으로 들어갔다.

가장 먼저 느낀 것은 달콤한 바닐라 방향제 냄새. 이어서 정리된 깔끔한 복도.

"응?"

그리고 료마는 눈을 부릅뜨게 만드는 광경과 맞닥뜨렸다.

가로무늬의 따듯해 보이는 실내용 양말이, 흰색 현관 매트 위에 오도카니 놓여 있었던 것이다.

깔끔한 복도이기에 더욱 눈에 띄는 양말.

현관문을 닫고 안으로 들어온 히메노는 금세 료마의 시선이 향한 곳을 알아차렸다.

"시, 시바."

팔을 쿡쿡 찌르기에 의식을 그쪽으로 돌리자 부끄러워하며 변명했다.

"이, 이건 벗어던진 게 아니······거든? 시바가 오기 전까지 신고 있다가······ 바, 밖에 나갈 때에는 이 양말은 못 신으니까 벗었어······. 안 신는 건 제대로 세탁기에 넣으니까."

평소보다도 말수가 많아서 어쩐지 필사적인 느낌이었다.

벗어던졌다고 오해를 사면 인상이 나빠져 버릴 거라는 불안을 느낀 것이다.

"아, 그렇구나. 잘 개어놨으니까 나한테 신기려고 뒀나 싶어서······."

"이거, 여성용인데?"

"아까 호출기에서 장난을 쳤으니까 그 보복······ 같은 느낌으로."

"히메노라면, 좀 더 부끄럽게 만들 걸 생각해."

"아하하, 그건 무서운데······."

농담에는 농담으로 답한다. 그저 이것만으로 신경 쓰이던 게 무사히 해소되었다.

그런 타이밍에 선물로 가져온 케이크를 건넨 료마는, "여기서 기다려"라는 말과 함께 어느 방으로 안내받았다.

"이, 일단 이건 히메노가 신을 거……."

놓여 있던 양말에 대한 설명을 다시금 들은 뒤에.

"여, 여기가 히메노가 일하는 방인가……."

그런 대화 후, 료마는 히메노의 업무용 방에 앉아 있었다.

방의 주인인 히메노는 "마실 걸 가져올게"라는 말을 남기고 지금은 다른 방에 있었다.

혼자 있는 상황이기에 앉은 채로 방을 두리번두리번 둘러보고 만다.

방을 보고 느낀 것은 정말로 심플하다는 사실이다. 그렇다. 방에는 최소한의 물건밖에 놓여 있지 않았다.

흰색 카펫에 핑크색 커튼.

유리가 깔린 L자 책상에 만화를 그리기 위한 기자재가 몇 가지. 핑크색 게이밍 의자. 커다란 책장과 그곳에 장식된 동업자의 사인.

오로지 일에 집중하기 위한 방이라고 할 수 있다.

이곳에서 애를 쓰고 있구나……. 그런 상상을 하던 때였다.

료마는 크리스마스 선물로 준 테디 베어 인형을 목격했다.

"이거……. 소중하게 대해주고 있구나."

테디 베어가 있는 곳은 책상 위. 의자에 앉아서 일을 하면 지켜보는 것 같은 위치다.

게다가 햇빛에 닿는 장소도 아니었다. 햇빛에 상하는 것을 걱정해서 둘 장소를 생각해준 것이리라.

"기쁘네……."

툭하니 그런 한마디를 흘린 순간.

철컥.

업무용 방의 문이 열리고, 현관 매트 위에 놓여 있던 실내용 양말을 신은 히메노가 차와 구운 과자가 담긴 쟁반을 들고 들어왔다.

"도와줄게, 히메노."

"괜찮아. 그래서…… 마실 건 녹차로 괜찮아? 주스도 있어."

"응, 괜찮아. 정말 고마워."

녹차를 담아서 가져오고는 '주스도 있어'라고 제안하는 것은 순서가 잘못된 것이리라……. 하지만 그런 부분에서 히메노답다고 느꼈다.

그녀는 간이식 테이블에 쟁반을 놓더니 그 자리에 오도카니 앉아서 료마를 올려다보며 눈을 마주쳤다.

"기, 긴장……돼."

"그건 나도 그래. 부끄러운 소리지만, 이성의 집에 오는 건 처음이니까."

"……약간 거짓말 같아. 당당하게 있으니까. 그리고 애인 대행의 직원이기도 하고……."

"뭐, 뭐어……. 확실히 그렇게 생각되는 부분도 있지만,

거짓말은 안 해. 자, 이거 봐."

료마는 팔을 뻗어서 손바닥을 보여줬다. 이것은 테이블 아래로 계속 감추려던 것. 계속 낮지를 않았던 것이다.

"왜, 왜 그렇게 떨어?"

"긴장해서 그렇다니까……."

"후, 히메노보다 긴장한 것 같아."

"지금 코웃음 쳤지?"

"당당하게 있었으니까, 재미있어."

"정말이지……."

집에 초대받은 쪽과 집으로 부른 쪽. 마음의 준비에 시간을 들일 수 있는 것은 후자이리라.

양쪽 모두 실내에서 이성과 논 적이 없는 만큼 경험치는 마찬가지.

이 차이가 나오는 것은 당연했다.

"이건 못 믿을지도 모르지만, 애인 대행을 할 때도 계속 이런 느낌인데? 어떻게든 애써 숨기려는 거니까."

"긴장하는 대행인은 안 된다는 규칙이 있어……?"

"결국 의뢰인에 따라 다르긴 하겠지만 수요가 있는 건 의뢰인을 리드해주는 편이면서 이성에게 익숙한 대행인이라고 생각해서. 여성향 만화를 예로 들자면, 메인인 남성 캐릭터는 당당하게 행동하는 쪽이 많잖아? 그러니까 익숙한 척 가장해서 접하는 편이 바람직할 것 같았거든……."

이 일을 얼마나 진지하게 대하는지는 대행인에 따라 제

각각이다. 하지만 료마는 필사적으로 대하던 사람.

　의뢰를 조금이라도 늘리기 위해선 폭을 조금이라도 넓혀 수요를 노릴 필요가 있다. 이건 료마 혼자서 생각한 것이다.

　"응, 그건 좋은 착안점."

　"……뭐, 머리로 그러려고 생각해도 몸이 따라가질 않아서 밑천이 잔뜩 드러났지만 말이야."

　그런 회상의 말을 꺼냈지만 애인 대행은 이제 끝. 막을 내리기로 결정했다.

　오늘은 그것을 전한다는 목적도 있었다.

　"히메노의 의견인데, 친해진 뒤엔 말해도 된다고 생각해."

　"그, 그래?"

　"응. 히메노, 시바가 익숙하지 않아서 기쁜…… 게 아니라, 안심했으니까."

　"고마워."

　더는 쓸 수 없는 조언이기는 하지만, 아직 그것을 전할 타이밍이 아니었다. 그것을 얼버무리듯이 감사만을 전하는 료마였다.

　"……하지만 시바는 데이트를 잔뜩 하고 있어."

　"으, 응?"

　"그러니까 익숙하지 않다는 게 이상하다고는 생각해."

　"일단 그런 눈으로 보지는 않았으면 합니다."

　히메노는 동그란 자수정 눈동자를 가늘게 만들고서 노

려봤다. 그 눈동자를 번쩍 빛냈다.

다만 전혀 무섭지 않은 것이 그녀의 특징이라 보는 쪽으로선 재미있었다.

"지금, 웃음을 참는 얼굴이야."

"들켰어?"

"노려봤는데 이상해……."

"조금 추억을 생각하면서 흘린 웃음이라고 할까."

'전혀 무섭지 않았는데' 같은 이야기를 하기엔 가엾다.

가령 그렇게 말한다면 조금 전의 표정은 더 이상 볼 수 없을지도 모른다. 그것은 그것대로 싫은 기분이다.

이런저런 기분이 섞이고, 얼버무리기 위해 고민한 결과 해답은 이야기를 바꾸는 것이라는 생각이 들었다.

"아, 그래그래. 히메노는 정월에 귀성하진 않았어? 본가에 돌아가려면 연휴 정도는 돼야 하지 않아?"

"아니. 본가는 그렇게 멀지 않으니까 귀성하진 않아."

"어, 그랬어?!"

혼자 살고 있으니까 상경했다고 생각하는 것은 지극히 당연한 일이었다.

"응. 하지만 대학교 통학 시간을 줄이고 집중해서 일을 하려고 혼자 사는 거야."

"아—, 그렇구나. 확실히 그런 사정이라면 혼자 사는 걸 택하는 편이 타당할지도."

히메노는 대학교 1학년이지만 그녀의 정체는 데빌짱이

라는 유명한 만화가다. 일을 원활하게 진행하기 위해 방을 빌린다는 것은 참으로 프로다웠다.

"다만 혼자 있으니까 가사가 큰일이야……."

"음, 그건 노력할 수밖에 없어. 아, 그러면…… 정월에는 혼자 지냈어? 외롭지는 않았어?"

"별로 외롭진 않았어. 일을 하거나 신사에 가거나, 계속 움직였으니까."

화제를 바꾼 결과, 의도치 않게 히메노의 정월 스케줄을 알고 말았다.

"저기, 이 부근의 신사라면…… 타이신 신사라든지?"

"응. 매년 참배해."

"호, 호오."

게다가 같은 신사에 갔다는 사실을 알게 됨과 동시에, 신경 쓰이던 것이 솟아 나왔다.

실제로 이렇게 떠보는 행동은 칭찬받을 일이 아니다. 그래도 어떻게든 확인하고 싶은 것이 하나 있었던 것이다.

"히메노는…… 소원판을 적거나 그러진 않아? 그, 거기에 일러스트를 그릴 수 있잖아?"

"소원판은 매년 적어. 바라는 것과, 십이지 일러스트를 더해서."

소원판으로 주제가 옮겨가자 대화 한 번에 점과 점이 선으로 이어졌다…….

작년에 봉납되었다던, 쥐 일러스트와 데빌짱 이름이 적

힌 소원판.

올해는 소 일러스트와 카시와기 히메노 이름으로 걸려 있던 소원판.

이 두 사람이 동일인물일 가능성은 지극히 높다. ──그 기억이 되살아났다.

『연애 성취. 시바의 애인이 되겠다. 행복한 일 년을 보내 겠다. T 대학, 카시와기 히메노.』

소원판에 적혀 있던 소원이 떠오른 것이다. 그 소원판 을 적은 것이 동명이인이 아니고, 눈앞에 있는 히메노라 면······.

"시바, 왜 그래? 얼굴이 빨개."

"어, 조금······ 말이지."

"난방 낮출까?"

"고, 고마워. 그렇게 해주면 좋겠어."

히메노의 표정은 평소와 무엇 하나 다르지 않았다. 진지 한 표정에 가까웠다.

이 모습만 봤을 땐 도저히 소원판을 적은 인물이라 상상 할 수 없지만, 이 이상 파고드는 것은 그만두었다.

『소원판에 어떤 소원을 적었어?』라는 말은 할 수 없었다.

이 이상 그것을 떠올리면 더더욱 얼굴이 빨개져 버린다. 상태가 이상하다는 것을 들키고 만다.

스스로 짐작한 그때였다. 위쪽에서 시선을 느꼈다. 문득 그쪽으로 고개를 향했더니 일어서서 리모컨을 조작하는 히메노와 눈이 마주쳤다.

"응? 왜 그래?"

"어, 아니……. 아무것도 아니야."

그녀는 작은 입에서 목소리를 흘렸다.

그러고는 곧바로 고개를 돌리고 어쩐지 들썩들썩하는 분위기로 온도 조절 버튼을 달칵달칵 누르기 시작했다.

그저께 전화와 마찬가지로, 대화가 끊어지자 긴장된 분위기가 감돌았다.

이대로 계속 침묵하다가는 말을 꺼낼 타이밍을 잃어버릴 것이다.

료마는 계속해서 이야깃거리를 꺼냈다.

"히메노. 이 방에 장식된 사인 말인데, 둘러봐도 돼……? 아까부터 신경 쓰여서."

"……괘, 괜찮아. 만져 봐도 돼."

"고마워."

적막을 쫓으려는 목적도 있었지만, 서점에서 알바를 하다 보니 저자의 사인에는 흥미가 있었던 것이다.

책장이나 그 위에 장식된 사인을 가까이서 살펴봤다.

"시바가 아는 선생님 사인, 있어?"

"펜네임은 잘 모르겠지만, 한 번은 본 적이 있는 작품뿐이야."

말했다시피 료마는 펜네임만으로는 판단할 수 없지만, 여기엔 작품이 영상화된 저자의 사인이 여럿 있었다. 그밖에도 만화가나 라이트노벨 작가의 사인이나 색지에 그려진 캐릭터가 포함된 사인까지.

그쪽 팬이라면 애타게 원할 사인일 것이다.

"이건 서로 사인을 교환하는 형태로 모은 거야?"

"그래."

"그, 그거 굉장하네."

때때로 잊어버린다. 어린 외모에 과묵한 히메노가, 여기 사인에 늘어선 저자와 같은 힘을 지녔다는 사실을.

그것도 불과 열여덟이라는 나이에 말이다. 희소한 재능을 지니고 노력을 거듭한 결과이리라.

감탄보다는 존경에 가까운 심정을 품으며 다른 사인을 훑어보다가…… 발견했다.

"아, 이 사인은 알아. 히메노와 팀을 짠 선생님 거구나."

"그건 그런데…… 히메노, 그 선생님은 거북해."

"어? 어째서?"

갑자기 불온한 말이 날아들었다.

"출판사 파티에서 인사한 뒤로, 몇 번이나 DM을 보내고 있거든. 좋은 가게가 있으니까 같이 가보는 건 어때요, 라든지."

"……그, 그 문제는 제대로 해결했어?"

이 이야기를 들은 순간, 가슴이 따끔거렸다. 좋지 않은 기분이 덮쳐들었다.

"제대로 해결했어. '담당분한테 보고하겠어요'라고 답변

했더니 '죄송합니다'라면서 더는 안 보냈으니까."

"저, 정말? 상당히 실례되는 소리이기는 한데, 히메노는 오히려 밀릴 것 같다고 할까······."

그녀가 말주변이 없다는 사실은 안다. 그 부분을 파고든 다면 간단히──.

료마 안에서 '친구'라는 인식이 조금씩 변하고 있었다.

"히메노, 이제까지 그런 적 없어."

"그럼 괜찮지만, 앞으로도 조심하도록 해. 실력이 있으면서 귀엽기까지 하니까 그런 일은 계속될 거야."

"읏!"

"그런데, 역시 그렇게 되는구나······."

이것은 혼잣말이었다. 그 말을 듣고 료마는 혼자만의 세계로 들어갔다.

히메노는 누구와도 사귄 적이 없다고 했지만, 구애를 받은 적이 없다고 하지는 않았다.

출판사 파티나 세계 최대 규모의 만화 행사, 코믹 마트에 참가해서 얼굴을 내밀고 있는 히메노다. 손님이나 동업자가 보기에는 무척 눈길을 끄는 인물임은 당연.

그만 깊이 생각에 빠져버린 결과, '귀엽다'라는 본심을 입에 담고서도 부끄럽다는 생각은 전혀 없었다.

"시, 시바."

"응, 왜?"

"······정말이지. 아무것도 아니야."

"그, 그래?"

료마가 아무 일도 없었던 것처럼 물음표를 띄웠다. 이렇게 순수하게 되묻는다면 '귀엽다'라는 말을 추궁하는 쪽이 오히려 부끄럽다.

히메노는 가느다란 눈썹을 중앙으로 모으고 불만스러운 표정을 지으며 반격했다.

"이, 이번에는 시바에 대해서, 가르쳐줘."

"나에 대해서?"

"그래. 계속 신경이 쓰였어……. 시바는 다른 여자랑 데이트할 때, 어떤 일을 할까."

"어?! 아, 아니, 그건……. 응. 딱히 이상한 짓을 하는 건 아니야. 규칙은 머릿속에 들어 있고, 비뚤어진 생각으로 알바를 하는 게 아니니까."

"으음."

"정말이라고?"

의뢰인이 불쾌해하지 않도록, 즐거워하도록. 그 생각으로 알바를 하던 것은 틀림없지만, 히메노의 입장에서 그것은 믿을 수가 없는 이야기였다.

"히메노는 시바가 오히려 넘어갈 것 같다고 생각해."

"어?! 내가?"

"시바는 다정하니까…… 배려를 하다가, 그 흐름에 그대로 넘어가서."

"아, 아하하……."

갑작스러운 예상에 메마른 웃음을 짓는 료마.

대체 이 말을 몇 명에게 들어버린 걸까. 짚이는 바가 있는 말이었다.

"그것 말고도, 꾹꾹 밀어붙이는 여자한테도 넘어갈 것 같아. ……증거는, 크리스마스이브 데이트."

"웃……."

그 단어에 눈을 크게 떴다. 메시지가 아닌 방식으로 이야기를 하는 건 처음이었다.

히메노는 꺼내기 어려운 이 내용을 스스로 꺼냈다.

"히, 히메노가, 꽉 안았을 때, 시바도 같은 거, 했어……."

"아니, 그건……."

"그러니까 다른 여자가 똑같이 해도 그런다는 거……. 그러니까, 넘어간다고 생각해……."

히메노의 입장에서 보면 이렇게 느끼는 것도 어쩔 수 없으리라.

"이, 이건 화를 내는 게 아니야. 그저, 할 거면 히메노한테만 했으면…… 하니까."

"……응?"

"히, 히메노한테만, 이라는 건, 그, 그게…… 히메노는 회사에 나쁜 소리를 안 한다는 거……."

"아, 아아……."

히메노는 얼굴을 새빨갛게 물들이고서 허둥지둥 이야기했다.

그 말에 거짓은 없었다. 크리스마스이브 데이트가 끝난 뒤, 회사에서 주의나 경고는 없었던 것이다. 그것은 다시 말해 그녀가 가슴속에만 담아두었다는 의미.

부끄럼쟁이인 그녀가 용기를 내어 말해주었다. 대행인을 지키기 위해서 이렇게나 배려해주었다.

독점욕이 있는 히메노는, 다른 여성에게 그러지 않기를 바랄 뿐이다. 그것을 오해한 료마는 안심시켜주고 싶다는 심정으로 본심을 꺼냈다.

"크리스마스이브에 있었던 일 말인데, 그건 정말로 반성하고 있고, 미안하다고 생각해. ……확실히 그런 일이 있었으니 넘어갈 법한 느낌도 들 만해."

"응."

"그래도 말이지, 변명 같기는 하겠지만, 히메노가 아닌 상대였다면…… 나는 제대로 주의를 줬을 거야. 내가 끌어안지도 않았어."

"어?!"

"그런 일을 한 건 히메노가 처음이고, 돈만으로 이루어진 관계에서 할 수 있는 일도 아니야. 대행 중인 상황이기도 했으니까."

하즈키에게 주의를 받고서 마음을 다잡고는 있었다. 대행인으로서 올바른 행동을 취하자고.

"그렇다면, 시바는 왜 그랬어……? 히메노랑은 돈으로 이루어진 관계였어."

"어? 그건 비밀."

"마, 말해줘."

"……."

히메노는 가장 곤란한 요구를 했다. ……하지만 이것을 이야기할 용기는 아직 료마에게는 없었다.

머리를 굴려서 금세 대답했다.

"역시 비밀. 히메노가 가르쳐준 것과 균형이 잡혔으니까 말이지."

"그럼 히메노에 대해서 좀 더 가르쳐줄게. 그러니까, 가르쳐줘."

"그렇게까지 할 건……. 으음, 예상은 되잖아? 히메노가 아닌 상대였다면 그런 걸 하지 않을 이유. 내 입으로 말하는 것도 그렇지만, 하나밖에 없잖아……?"

"모, 몰라."

'혹시 잘못 생각했다면 부끄럽다'. 그런 표정에 그런 대답.

"모르겠다는 것치고는 얼굴이 빨개졌는데."

"……아, 아니야. 기분 탓."

"귀까지 빨개졌는데?"

"……난방 탓이야."

"난방을 낮추기 전에는 빨개지지 않았는데 말이지."

"웃, 으……."

히메노의 성격으로는 말로 이기기가 어려우리라. 그녀는 더 이상 변명할 수도 없어서, 잔뜩 몰려서는 한계가 되어버렸다.

"히, 히메노, 화장실…… 다녀올게."

"네—."

그런 그녀가 선택한 것은 일시 후퇴.

총총히 복도로 이어지는 문으로 이동한 그녀는 문손잡이를 잡고, 돌아봤다.

"……짓궂어."

"무슨 소리일까, 그렇게 말해둘게."

미소를 머금은 료마에게 히메노는 최후의 대사를 남기고서 복도로 나갔다.

그리고 홀로 남았을 때——, 료마의 웃음은 금세 사라졌다.

진지한 표정을 짓는가 싶더니 입술을 꽉 다물고 오른손으로 앞머리를 덥석 붙잡았다.

"아아, 죽는 줄 알았어……."

허세의 스위치가 꺼진 것처럼 맥 빠진 목소리를 흘렸다.

료마의 심장은 힘차게 뛰고 있었다. 가슴에 손을 대지 않고서도 고동을 느꼈다.

태연하게 대하던 것은 전부 연기였다.

『으음, 예상은 되잖아? 히메노가 아닌 상대였다면 그런 걸 하지 않을 이유.』

다시 떠올리는 것만으로도 엄청 부끄러워졌다.

'비밀'로 끝까지 버틸 수 있었을 텐데, 어째서 이런 말까지 해버렸을까. 이래서는 완전히 들켜버린 것이나 마찬가지다…….

"하아……. 언제 이런 기분이 된 걸까……."

구애를 받은 적이 있다. 그 이야기에 그녀를 빼앗기고 싶지 않다는 마음이 강해진 것이다.

넌지시 분위기를 흘린 것은 그런 초조함이 있었기 때문이리라…….

"어쩐지 히메노한테는 말하고 싶지 않네……. 애인 대행을 은퇴했다고……."

이 이야기를 한다면 더 이상 히메노와 데이트를 할 수가 없다. 하지만 말하지 않고서는 상황을 정리할 수가 없다.

이런 복잡한 심정이 료마를 덮쳐들었다.

* * * *

"뭐, 뭐야……. 그런 소리, 하고……."

복도로 나와 홀로 남은 히메노는 세면대로 이동했다.

그리고 수건을 냉수에 적셔서 열기를 가라앉히듯이 얼굴에 계속 대고 있었다.

"시, 시바도 히메노를…… 좋아하는, 걸까……."

거울에 비치는 자신을 보며 자문했다.

이렇게 생각한 것은, 제대로 들었기 때문이다.

『예상은 되잖아? 히메노가 아닌 상대였다면 그런 걸 하

137

지 않을 이유. 내 입으로 말하는 것도 그렇지만, 하나밖에 없잖아……?』라는 말을.

그것은 다시 말해, 료마도 자신을 끌어안은 것은…… 히메노이기 때문이었다는 것. 히메노가 아닌 여자한테는 그렇게 하지 않는다는 것.

혹시 그렇다면, 정말로 기쁘다. ……그래. 좋아하게 되어주길 바랐으니까.

시바의 애인이 되겠다고, 소원판에도 적었으니까…….

"……."

하지만 그건 그저 놀리는 것뿐일지도 모른다. 아니, 그럴 가능성이 높다고 생각한다.

평소의 모습에서도 그런 식으로 여겨지지는 않으니까.

그밖에도 크리스마스이브 데이트가 끝나고 애인 대행 회사에 연락했을 때에 알게 되었다.

시바는 정말로 굉장한 대행인이라고. 대행인 중에서 최고의 성적으로, 사장님도 주목한다고. 그런 사람이…… 아니, 기대하는 게 바보다.

히메노가 자랑할 수 있는 점이라면 만화를 그린다는 것 정도. 모두에게 자랑할 수 있는 것은 그 정도밖에 없다.

……그것은 알고 있다.

"하지만……."

시바가 애인이 되어준다면 얼마나 즐거울까…… 그렇게, 생각했다.

모두에게 거짓말을 하지 않아도 괜찮은 관계가 되어서, 잔뜩 놀림을 당하고, 시바에게는 잔뜩 응석을 부리고, 함께 데이트를 하고, 정말로 애인 같은 일까지 할 수 있게 된다…….

끌어안는 것 이상의 일도…….

"으웃!!"

그 상상은 지금 가장 해서는 안 되는 일. 몸을 움직이지 않는데도 심장 고동이 격렬해졌다.

"빨리 나아……."

거울로 본 지금의 자신은, 차가운 수건을 대고 있는 의미가 없을 만큼 얼굴이 빨갛다…….

이런 거, 이상해……. 히메노가 아닌 것 같아……. 얼굴도 입가도 풀어졌다. 히죽히죽을 참는다는 걸 알 수 있을 만큼.

이 얼굴은 시바에게 보여줄 수 없다. 이상하게 여길 테니까——.

"빨리 돌아와……."

수건을 세면대 가장자리에 놓고 차가워진 손가락으로 뺨을 잡아당겼다.

눈을 감고, 아프다고 느낄 정도의 힘으로. 더는 참을 수 없는 한계가 와서 손을 놓았다. 눈을 뜨고 거울을 확인했다. 하지만 그것은 정말로 의미가 없는 일이었다.

원래부터 이런 얼굴인 것처럼 금세 입가가 풀어졌다…….

"히메노가 아닌 상대였다면…… 같은 소리를 하니까."

친구인데, 시바가 집에 와줘서 기쁘다. 단둘이 있을 수 있는 것도 기쁘다.

나쁜 생각이지만 시바를 독점할 수 있다는 것도 기쁘다.

그런데…… 그 이상의 일을 한다면 더는 참을 수가 없다.

"……."

히메노는 원래대로 돌아가기를 기다렸다. 그와 동시에 기분 전환도 했다.

주머니에서 스마트폰을 꺼내어 Happy 지식인을 열었다. 그곳에서 그저께 투고한 내용의 답변을 살펴봤다. ……확인의 의미도 담아서.

『내 남친 이야기인데, 평상복은 무척 끌린다고 해요. 긴소매에 숏팬츠가 좋다네요. 이 시기에는 조금 맞지 않는 복장이라고는 생각하지만, 난방이 되고 있다면 이상하게 여겨지진 않는대요.』

『우선은 구운 과자랑 차라도 주죠! 그것만으로도 호감도 업이에요! 힘내세요!』

『무슨 일이든 처음에는 긴장되죠. 제 의견인데, 대화를 더 많이 할 수 있다면 거리가 더욱 줄어들 거예요. 밖에서는 못 할 법한, 그 사람을 신뢰하기에 가능한 대화를 넣으면 좋겠네요.』

시바가 어떻게 생각하는지는 모르겠지만 받은 조언은 제대로 실행했다.

조언을 살펴봤더니 신규 메시지가 세 건이나 들어와 있었다.

『나는 남자인데, 좋아하지도 않는 여자 집에는 안 간다고—? 그것도 혼자 사는 곳이면 더. 일단 그다지 익숙하지 않은 일은 하지 말고 평소 자신의 모습으로 가면 돼.』

『일반적인 의견이라 미안하지만, 가능한 한 오래 머무르게 해야 한다고 생각합니다. 시간이 지나면 남성 측의 긴장도 풀어질 테니까, 어쩌면 상대측에서 어필할지도.』

『랭킹에 올라와서 살펴봤는데, 글쓴이 순진해서 귀엽잖아! 차라리 먼저 고백하자고. 혹시 싫다고 하면 내가 글쓴이한테 입후보할 테니까 괜찮아!』

정말로 도움이 되는 조언도 있고, 단순한 농담도 와 있었다.

"후후, 괜찮지…… 않은데."

그래도 이걸 보고 조금 진정할 수 있었다. 웃으면서 릴렉스했다.

"슬슬 돌아가야……."

새로이 받은 조언을 머릿속에 담아두고 히메노는 업무용 방으로 돌아가기로 했다.

조금이나마 좋은 보고를 할 수 있도록 열심히 하자…….

* * * *

"시바, 오늘은 무슨 용건 있어?"

"어―, 딱히 아무것도 없어. 있다면 대학교 과제 정도인데, 그건 언제든지 할 수 있으니까."

현재 시각은 13시 50분.

료마와 히메노는 얼굴을 마주하고 대화를 재개했다.

각자 홀로 시간을 보낸 덕분에 원래 상대로 돌아와 있었다.

"그럼 오늘은 몇 시쯤에 돌아가?"

"너무 오래 머무르는 건 폐가 될 테니까 해가 지기 전에는 돌아갈게. 17시 정도?"

"좀 더 있어도 되는데? 그러면 앞으로 세 시간 정도밖에 없잖아."

"그렇게 말해주는 건 기쁘지만 사양하도록 할게. 지금은 선배답게 행동해야 면목이 서니까."

이렇게 고지식한 생각을 가진 것은 료마의 좋은 점이었다.

사귀지도 않는 여자의 집에 오래 머무르는 것은 남들 보기에 그다지 좋지 않은 행동이니까.

하지만 그렇게 행동한다고 항상 옳은 것은 아니었다. 때와 상황에 따라 다르다. 그렇다, 집주인인 히메노가 이런 생각을 가졌다면 말이다.

"히메노는, 좀 더 있어줬으면 좋겠어……."

"……."

"시바는, 17시에 돌아가고 싶어?"

"어, 으음……."

민폐라든지 조심한다든지, 그런 생각은 하지 말고 대답해주기를. 이 호소는 제대로 와닿았다.

"어쩐지 전부 꿰뚫어 보는 것 같네…… 이건. 솔직히 말하면 좀 더 있고 싶어. 고마운 기회니까."

"그럼 좀 더 놀면 안 돼? 히메노도 그랬으면 해."

"알았다고 하고 싶지만, 하나만 가르쳐줄래?"

"뭔데?"

"내가 오래 머무르면 마감이 힘들어진다든지 그런 건 아니지? 아무래도 그게 걸려서."

료마는 그녀와 함께하며 이렇게 선을 긋고 있었다. 이것은 히메노의 생활이 걸려 있는 일이고 존중해야 할 일이다.

'몰랐습니다'로 그칠 이야기가 아니다.

"괜찮아. 시바가 오래 있는 스케줄, 세워뒀으니까."

"그, 그런가. 그럼 무척 쓸데없는 참견이었네……."

"신경 쓸 것 없어. 그게 시바의 좋은 점."

"어, 어어. 그렇게 말해준다면 고마워."

가볍게 미소 짓는 히메노에게 료마는 감사로 답했다. 방에 단둘이 있어서 그런지 참으로 좋은 분위기였다.

"그럼 저녁은 먹고 가."

"밥 먹고……. 아."

그 말을 들었을 때였다. 갑자기 과거의 기억이 되살아났다. 히메노를 이성으로 보고 있기에 떠올릴 수 있었던 것이다.

애인 대행을 시작하기 전. 카야에게 들은 '이성에게 호감을 사는' 방법을.

그 조언에서 마지막에 무슨 말을 했는지를.

『——뭐, 자기가 가진 특기를 어디서 보여줘서 상대를 함락시키는지가 가장 중요하겠지만.』

열이 있을 때에 죽을 만든다. 그런 사례를 언급했는데, 특기를 보여주는 것은 바로 지금이 아닐까. 이 기회를 놓친다면 더는 대접할 기회는 없을지도 모른다.

"있잖아, 히메노. 혹시 괜찮다면…… 오늘 저녁은 내가 만들까? 내일 몫도 같이 만들어줄게."

"아!"

"평소부터 슈퍼에서 사 와서 해결한다고 그랬으니까, 가끔은 어때? 오히려 오늘 초대해준 답례로 만들어주고 싶을 정도야."

"괘, 괜찮아?"

"물론."

"만들어줘!"

끄덕끄덕, 고개를 움직여 즉답한 히메노는 눈을 반짝반짝 빛내고 있었다.

"아하하, 어쩐지 엄청 반가워하네."

"그만큼, 기대돼……."

"그렇게나 기대하니까 긴장되는데……. 그럼 먹고 싶은 요리라든지 있어?"

"뭐든, 괜찮아?"

"가정식 요리라면 대부분은 만들 수 있어."

"히메노, 스튜 먹고 싶은데……."

"크림 스튜?"

"응……. 하얀 쪽."

히메노는 이렇게 요청하는 것이 부끄러운지 조심스럽게 소곤소곤 부탁했다.

대학생이라는 사실은 알지만 어쩐지 어린아이 같아서 귀엽게 느껴지는 모습이었다.

"알았어. 그럼 저녁 식사 전에 장 보러 갔다 올게."

"가, 갔다 와?"

"응, 갔다 올게."

"……."

"……."

그리고 동의 후에 대화가 끊어졌다. 이 침묵 덕분에 진심으로 하는 말임을 깨닫기에는 충분하리라.

"그건 안 돼."

"어? 그럼 요리를 못 만드는데?"

장은 혼자서 보는 것. 그런 일상을 보내는 료마는 이 말의 뜻을 이해하지 못했다.

히메노는 제대로 전했다.

"같이 가자."

"어……. 아, 하하. 괜찮겠어? 같이 가도."

"응, 같이 가고 싶으니까."

"……그, 그런 말까지 해주다니."

그녀의 외모로 이런 대사를 뱉는 건 치사하다고 표현하기에 걸맞았다.

단 한마디임에도 불구하고 부끄러워져서 주도권은 금세 빼앗겨버렸다.

"부끄럽구나."

"……따, 딱히 부끄럽진 않은데."

"허세 부리는구나."

"허세 아닌데."

"후후."

"연상을 놀리기는……."

입가에 손을 대고서 즐겁게 웃는 히메노에게 보란 듯이 화내는 료마.

두 사람이 얼마나 사이가 좋은지는 일목요연했다.

"히메노, 생각해봤는데. 시바는 대행할 때랑 조금 달라."

"어?"

"지금은 이런저런 표정, 보여줘. 그리고 대행할 때보다 이야기하기 편해."

"아하하, 들켜버렸나. 뭔가, 대행 중에는 사명감이라든지 책임감으로 아무래도 긴장하게 되거든. 그야말로 익숙하지 않은 모습은 감추고 놀림당하지 않도록 하자, 같은 식으로."

지금은 사적인 자리다. 그것을 의식하지 않아도 되는 만큼 편하게 대할 수 있었다.

"히메노, 지금 쪽이 좋아."

"이쪽이 진짜니까 그렇게 말해주는 건 기뻐. 그래도, 사실 날 배려해서 하는 말은 아니지?"

"진심으로 하는 말이야. 시바를 놀릴 수 있다는 게 즐거워. ⋯⋯항상 내가 놀림당하니까."

"그게 본심인가⋯⋯."

"응. 이제까지 당한 걸 갚아줄 생각."

시간이 지나며 단둘만의 분위기에 익숙해지고 간신히 서로의 긴장감이 풀렸다. 가벼운 농담을 건넬 수 있게 되었다.

"그래도 이런 관계는 좋겠네. 놀리고 놀림받는 느낌."

"히메노도 그렇게 생각해."

"⋯⋯."

별생각 없이 이야기했지만 실제로 그런 관계가 된 것이 지금의 두 사람이다.

둘은 잠시 침묵이 이어지는 사이 그것을 깨달았다.

그리고 료마가 본 것은 머뭇머뭇 자신의 양손을 깍지 껴서 맞잡은 히메노였다. 그녀는 이 침묵을 더는 견딜 수 없었는지 갑자기 화제를 바꾸었다.

"시바, 지금부터 영화 볼래? 그리고, 장 보러 가자."

"하핫, 억지로 주제 바꿨지?"

"그, 그렇지 않아."

말이 서투른 히메노에겐 자주 있는 일이다. 그것을 아는 료마는 기분을 헤아려서 대화를 되돌리지는 않았다.

"그래도 영화는 좋은 아이디어네! 한 편 다 보면 배도 고플 테고."

"응. 영화 끝난 다음에, 장 보러 가자."

"볼 장르는 정했어?"

"무서운 거."

"……엑."

의기양양하게 의욕을 내던 료마는 순식간에 표정이 굳어졌다.

"고, 공포 영화 볼 거야?"

"입소문으로는 엄청 무섭대."

"저기, 혹시 히메노는 무서운 게 아무렇지도 않은 타입……?"

"그렇지 않았으면, 안 골라."

"그, 그렇구나……. 그래서, 말인데…… 내 마음을 존중하는 건 어떨까?"

식은땀을 흘리며 가냘프게 물었다. 이런 모습을 드러낸 것은 이 자리가 처음이리라.

"시바는 무서운 거, 힘들어?"

"응. 진짜진짜 힘들어서……. 조금 진심으로 힘들어."

"몰랐어."

"그럼…… 아니, 잠깐?!"

히메노가 눈을 몇 번 깜박거린 순간이었다. 그녀는 그 자리에서 일어서더니 데스크톱 컴퓨터 전원을 켰다.

금세 화면에 표시된 것은 『저주받은 빨간 문』이라는 제목의 영화였다.

"저, 정말로 볼 거야……?"

끄덕, 크게 고개를 움직이는 히메노.

무섭다. 그런 멋없는 모습을 보여주고 싶지 않은 료마와, 평소에는 볼 수 없는 모습을 보고 싶은 히메노.

승부에서 이긴 것은 물론 집주인이었다. 방문자에게 거부권은 없었다.

"무서우면, 히메노를 의지해."

"아니, 그건……. 저기, 불은 켜둔 채로 볼 거지……?"

"끌 거야. 커튼도 치고."

히메노는 공포를 풀어줄 수단을 차례차례 박살 냈다. 공포 영화를 보기 위한 분위기 조성을 완벽하게 갖추는 악마였다.

"……히메노, 이 빚은 반드시 받아낼 테니까."

"후후, 어쩐지 무서워."

준비를 하는 이때의 히메노는 생생하게, 즐겁게 웃고 있었다.

──좋아하는 사람에게는 짓궂게 굴고 싶다.

그것은 남자만이 아니라 여자에게도 해당되는 기분이었다.

"아……. 저 영화는 안 돼. 인간이 볼 영화가 아니야……."

"풋, 시바는 너무 무서워해."

한 시간 삼십 분의 공포 영화를 모두 보고, 두 사람은 근처에 있는 슈퍼에서 저녁을 위해 장을 보고 있었다.

"어쩔 수 없잖아, 저건……. 아니, 히메노는 중간부터 영화에 집중 안 했잖아? 나를 흘끗흘끗 보면서 웃었으니까……."

"무서워지는 장면에서 시바가 엉뚱한 곳을 봤으니까."

"그, 그렇게 무서우면 어쩔 수 없다고!"

평상복으로 지내던 히메노는 외투와 치마를 조합해서 외출용 복장으로 갈아입었다.

"어떻게 그리 태연하게 볼 수 있는지 도저히 모르겠어……. 그 영화 무서웠지?"

"꽤 무서웠어."

"그렇지? 그래서 놀랐지?"

"놀랐어."

"그런…… 거지?"

히메노는 거짓말을 하지 않는다. 『저주받은 빨간 문』은 정말로 무서운 영화였다.

단지 평소부터 진지한 표정인 경우가 많은 그녀이기에 표정에 크게 드러나지 않았을 뿐이다.

또 하나의 요인은 료마가 무서워하는 모습을 즐길 수 있었다는 점이다.

공포를 완화할 아이템이 옆에 계속 앉아 있었으니까.

"일단 다음에 영화를 본다면 좀 더 밝은 걸로 하자."

"다음에는, 또 무서운 게 상영돼."

"그, 그 대사는 뭐야."

"다음에도 또 보자?"

그녀는 완전히 재미를 붙였지만 그 폭거는 여기까지였다. 료마는 확실하게 무기를 준비했다.

"……그럼 오늘 저녁은 히메노가 '정말 좋아하는' 표고버섯 요리도 만들까나—."

"어?!"

"구운 표고버섯이라든지—, 표고버섯 버터 볶음이라든지—."

료마는 일부러 말꼬리를 늘어뜨리며 압박을 가했다.

'정말 좋아한다'. 이것은 반대 의미로, 요리를 담당하는 사람만이 쓸 수 있는 대사이리라.

"이런 단품 요리라면 재료의 맛을 가장 잘 살릴 수 있으니까…… 히메노도 맛있게 먹을 수 있겠네."

"자, 잠깐만……. 어떻게 히메노가 싫어하는 음식을 아는 거야……."

이제까지 득의양양했던 그녀의 표정이 순식간에 어두워졌다. 눈을 동그랗게 뜨고서 연신 깜박거렸다.

"어떻게 알기는, 애인 대행을 했을 때에 전달을 받았으니까. 그것도 히메노랑 처음으로 대행했을 때니까 기억에 남아 있어."

"……다, 다음 영화, 밝은 거 볼게."

"어라라, 아까 다음에도 또 보자고 하지 않았던가."

"기, 기분 탓."

"게다가…… 나 말했던 것 같은데. 그 영화를 보기 전에, '이 빚은 반드시 받아낼 테니까'라고."

절레절레절레.

히메노는 고개를 가로저어 열심히 부정했다. 표고버섯을 싫어하는 것은 보다시피 뻔하다.

지금 이 모습을 같은 대학교 학생이 봤다면…… 『로리린이 괴롭힘을 당하고 있었어!』 같은 소문이 순식간에 퍼질 것이다.

어린 외모인 그녀인 만큼 이렇게 오해를 살 것임이 틀림없다.

"그럼 다음 영화는 밝은 장르면 되겠지?"

"약속할게."

"좋─아. 그럼 스튜 재료를 살까."

"응."

어쩐지 기쁜 듯 미소를 짓고서 재촉하는 료마. 그것은 히메노와 다시 한번 영화를 본다는 약속을 할 수 있었기 때문이다.

"재료는 맡겨도 되지……? 히메노는 받아서 바구니에 넣는 걸 맡을게."

"그건 든든하네. 아, 전부 맡겨도 되는 거야? 히메노가 좋아하는 채소 같은 거 골라도 되는데."

"아니. 시바가 늘 만드는 거, 먹고 싶어."

히메노는 료마와 나란히 걷고 있지만 두 사람의 키 차이는 20센티미터 이상. 그녀는 자연스럽게 올려다보며 응석을 부렸다.

"어…… 멋진 말을 하는구나. 그렇게까지 말한다면 반드시 맛있는 스튜를 만들어야겠어."

"식칼 쓸 때…… 다치지 않도록 해."

"응, 그건 걱정할 것 없어. 양파는 히메노한테 맡길 테니까."

"……히메노, 시바한테 펀치 날릴래."

히메노는 원망하는 눈빛으로 바뀌는가 싶더니 자그마한 손으로 주먹을 쥐었다. ……하지만 펀치를 날려도 가냘픈 그 팔로는 아프게 때리지 못할 것이다.

체구에 맞지 않는 행동은 참으로 귀여웠다.

"아하핫. 아, 거기 있는 양배추 넣어줄래?"

"알았어."

농담이라는 것은 서로가 아는 바.

지시를 내리자 그녀는 주먹을 내리고, 양배추가 진열된 선반 앞에 서서 감정을 하듯 진지한 오라를 내뿜었다.

상품인 양배추 몇 개를 손에 들고 확인한 히메노가 엄선한 하나를 타박타박 이쪽으로 가져왔다.

양배추가 조심스레 바구니 안에 들어왔다.

료마도 그 양배추를 확인하고는 적당히 고른 게 아니라는 것을 바로 알았다.

"호오……. 히메노는 신선한 채소를 분간할 수 있구나? 잘도 알았네."

이파리는 싱싱하고 윤기가 있었다. 심지는 변색 없이 흰색. 거기에 중량감이 있는 것으로 고른 모양이었다.

"그림을 그릴 때, 조사했거든. 차이를 표현하려고."

"그렇구나. 히메노가 얼마나 대단한지 새삼 깨달았어. 그런 세세한 부분까지 의식하다니……."

데빌짱의 고집을 하나 알고서 감탄하는 료마.

그녀는 누구라도 못 알아차릴 세세한 부분까지 표현한다. 그야말로 프로의 작업이다.

"이제 채소 선택도 의지할 수 있겠네, 히메노."

"전부 좋은 거 고르면, 칭찬해줘."

"정말 야무지구나―……."

양배추의 신선도를 꿰뚫어 봤기에 료마에게도 그런 지식이 있다는 걸 깨달은 모양이다.

그리고 히메노는 양파랑 당근, 브로콜리에 닭고기 등등 필요한 재료를 골랐다.

신나게 대화를 나누며 두 사람의 공간을 만들고서.

"장보기…… 즐거워."

"나도. 역시 이야기를 하면서 장을 보는 건 좋구나 싶어.

늘 혼자서 장을 봤으니까."

"혹시 괜찮다면, 히메노 같이 갈게……."

"고마워. 그래도 마음만 받아둘게. 아무리 그래도 내 형편대로 부려먹을 수는 없으니까."

"아, 히메노는──."

그때, 그녀는 자신의 마음을 전하려고 했다. '다음에도 같이 장을 보고 싶다'라고.

하지만 그런 줄도 모르는 료마는 계속 말했다. 그 결과, 두 사람의 목소리가 겹쳤다.

"──그래도, 정말 즐거우니까 이런 시간이 계속됐으면 좋겠네. 아하하……."

료마는 검지로 코끝을 긁적이며 수줍게 웃었다.

그 표정을 통해 본심임은 충분히 전해졌다.

"그렇게 말해주는 거, 기뻐……."

"제멋대로지만, 나중에 또 함께해줄래? 물론 히메노 스케줄에 맞춰서 휴일에."

"휴, 휴일?"

"평일은 서로 학교 수업이 있으니까 시간이 안 맞을 테고. 그리고 둘이서 장 보는 모습을 누가 봤다가는 분명 오해를 살 테니까……."

히메노에게 부담을 주면 일에도 영향이 생긴다. 일에 진지한 그녀를 생각한다면 신중해지는 것은 당연하다.

"아, 히메노. 과자 안 사도 돼? 신경 쓰이는 게 있다면 골라도 돼."

대화 도중이었지만 마침 그녀가 좋아하는 과자 코너가 보였기에 들르기 쉽도록 곧바로 말을 꺼냈다.

선물로 케이크를 사기는 했지만 과자는 보존이 편하니까 많아도 괜찮겠지.

"참고로 오늘은 전부 내가 살 테니까 걱정 말고 골라도 돼."

"어? 그러면 시바 부담, 커져."

"그렇지 않아. 이제부터 히메노네 부엌을 쓸 거니까 이 정도는 하게 해줘. 신선한 채소도 골라줬으니까."

오늘은 처음으로 요리를 대접하는 날. 이 정도 일은 하고 싶었다.

"……아, 알았어. 눈에 띄는 게 있으면 살게."

"나중에 먹을 거라도 괜찮으니까 사."

"응."

히메노는 조금 큰 목소리로 대답하고 과자 코너를 향해 총총히 걸음을 옮겼다.

좋아하는 만큼 신경이 쓰이던 것은 틀림없으리라.

료마는 뒤를 따르듯이 장바구니를 실은 카드를 밀며 따라가고, 무엇을 고를지 바라보며 기다렸다.

"……"

"……"

히메노는 치맛자락이 바닥에 닿지 않도록 안은 채, 앉은 자세로 아랫단에 있는 가족용 과자를 향해 뜨거운 시선을 보내는 중이었다.

그 옆에는 초등학생으로 보이는 남자아이도 무릎을 꿇고서 똑같은 것을 보고 있었다.

그녀는 대학생이지만 옆에서 보면 나이가 가까운 남매로 착각당할 것 같다…….

정체를 아는 료마에게는 작고 귀여운 동물처럼 보였다.

그리고 잠시 후, 초등학생으로 보이는 남자아이가 과자를 들고서 떠나고 옆에는 이제 아무도 없던 그때.

"……시바."

"어, 뭔데? 이제 결정했어?"

곁눈질로 이쪽을 확인한 히메노가 갑자기 이런 말을 건넸다.

"히메노는…… 어떤 오해를 사더라도, 괜찮아."

"어?!"

그것은 과자 코너로 들어오기 전에 나누었던 대화. 이야기 도중이었던 내용.

"시바만 괜찮다면, 히메노는 평일이라도 문제없어."

"…………저기, 그건 무슨 의미야?"

둘이 함께 슈퍼에서 장 보기. 그것도 과자를 사는 것이 아니라 요리에 사용할 식재료를 구입하는 것이다.

심상치 않은 소문이 발생할 것은 예상할 수 있었다.

배려로서 말해주는 것일까. 아니면 그 말 그대로, 정말로 애인이라고 오해를 받아도 된다는 걸까.

히메노는 사전에 이렇게 되물을 것을 알았다는 듯 눈으로 호를 그렸다.

"……비밀."

"어어?!"

마침 과자를 모두 골랐는지 그녀가 컨트리맘*을 양손으로 들고 일어섰다.

과자를 바구니에 넣으며 뺨을 핑크색으로 물들인 그녀와 눈이 마주쳤다.

"시바, 계산하러 가자."

"어, 어어…… 으, 응."

마지막에는 놀림당하고 말았다. 패배의 상처가 남았다고 해도 될 것이다.

의미를 생각하는 료마의 얼굴을 흘끗흘끗 확인하고, 히메노는 더더욱 얼굴을 붉혔다.

* * * *

슈퍼를 나와 집으로 돌아가는 시간.

식재료가 든 무거운 봉투는 히메노와 함께 들기로 했다.

히메노는 기분이 좋은 걸 티 내듯 봉투를 진자처럼 흔들거나, 어째선지 이따금 검지를 뻗어 손등을 건드리거나 했다…….

---

*일본의 쿠키 과자

가볍게 손을 움직였더니 어깨를 움찔거리던 것은 재미있었다.

그리고 스튜 요리를 도와주기도 했다.

잘 못 한다던 양파 썰기를 솔선해서 해준 것이다.

그녀는 당연히 커다란 눈동자에 차오른 눈물을 참으며 "으으으" 하고 열심히 썰었다.

······히메노다운, 귀여운 모습을 잔뜩 볼 수 있었다.

그런 그녀에게 더더욱 빠져드는 료마였다.

18시를 지난 시각.

"후우—, 후우—."

히메노는 숟가락으로 뜬 뜨거운 스튜에 숨을 불고 덥석, 입에 넣었다.

"……어, 어때? 맛있어?"

"응, 엄청……. 잔뜩 먹겠어."

"호, 그렇다면 다행이야."

히메노의 감상을 듣고 가슴을 쓸어내리는 료마.

저녁 준비를 마친 두 사람은 거실에서 식사 중이었다.

원형 테이블에는 크림 스튜에 버터롤, 코울슬로까지 세 요리가 있고, 디저트로 료마가 가져온 케이크까지 놓여 사치스러웠다.

"시바 요리 잘해……. 히메노랑 다르게, 칼질도 굉장했어."

"아하핫, 그렇게나 의외였어?"

"밥 같은 건 여자가 한다는 이미지가 있으니까……. 그러니까 히메노도 조금씩 요리를 하고 있거든."

작은 입으로 스튜를 먹으며 고개를 끄덕이는 그녀.

"아, 확실히 나도 그런 이미지는 있었지만, 요즘엔 좀 변한 거 같아. 이건 내 의견인데, 일단 익혀두면 필요할 때 도와줄 수 있으니까."

"도와줘……?"

히메노는 혼자 산다. 바로 와닿지는 않을 것이다.

"예를 들면 가족이 감기에 걸려서 못 움직일 때에 대신 해준다든지. 뭐, 이건 현실적이지 않지만 아내가 생겨서 임신했을 때……라든지. 이런 나이니까 조금 정도는 도와줄 수 있는 인간이 되고 싶다고 생각해서."

"……."

"그리고 이건 약간 조심스러운 이야기인데…… 여성은 컨디션에 기복이 있으니까 밥 짓는 걸 맡아주는 것만으로도 좀 편해질 테고."

가정환경은 성격 등에 큰 영향을 미치는 경우가 있고, 료마의 부모님은 료마가 어릴 적에 돌아가셨다.

그런 료마에게 싹튼 것은 지금의 가족이나 장래에 가족이 될 상대를 도와주고 싶다는 강한 마음.

그리고 여성의 컨디션을 생각할 수 있게 된 것은 장녀인 카야의 교육 덕분이다.

카야는 『이 마음은 절대로 잊지 않도록 해. 남자의 이해가 있다는 것만으로도 완전히 다르니까』라고, 몇 번이나 못을 박았던 것이다.

남성으로서는 이해할 수 없는 현상. ……하지만 이것을 제대로 생각하고 함께해주는 남성은 얼마나 든든할까. 의지가 될까.

그것은 여성인 히메노가 잘 안다.

"좋겠네……."

툭하니 중얼거리는 그녀.

"응?"

"시바의 신부……? 애인이 될 사람, 부럽다고 생각했어."

"아니, 너무 자신만만하게 말한 것 치곤 당연한 소리였잖아."

"히메노…… 그것 말고도 부러운 거, 있어."

"어, 이거 말고도……?"

카야가 거듭 다짐한 것은 조금 전의 하나뿐. 료마는 그것 말고 뭐가 부러운 건지 전혀 짚이지 않았지만, 어쩔 수 없는 일이리라.

히메노는 살짝 주제에서 벗어난 소리를 입에 담았으니까.

"부, 부러운 건 말이지……."

"으, 응."

"……오늘 히메노, 시바의 진짜 애인, 같았으니까……."

"어?!"

식사를 멈춘 그녀는 금세 몸을 작게 움츠렸다.

그리고 빨개진 두 귀를 감추듯이 매끄러운 은발을 만지며 자세히 이야기했다.

"그, 그게…… 집에 와주고, 같이 영화 보고, 장을 보고, 요리를 만들고, 같이 먹고 해서……."

"아……."

료마는 자신이 그녀와 비슷한 감각을 품었음을 알았다.

료마의 경우에는 조금 더 진전된 관계.

'동거한다면 이런 느낌일까……'라고 느끼던 참이었다.

"시바의 애인이 되면, 이렇게나 즐겁게 시간을 보낼 수 있겠구나 생각했어……."

"……어, 그렇긴 하네. 이러니저러니 해도 벌써 저녁 시간이고."

"응, 정말로 시간이 빨리 가……."

고작 한순간 만에 식사를 진행할 수가 없게 됐다.

처음 만나는 사람끼리 맞선을 보는 것 같은 독특한 분위기가 뒤덮였다.

좋은 분위기인가, 나쁜 분위기인가. 그것은 받아들이기에 따라 다르겠지만, 두 사람은 친구 사이이다. 어지간한 일이 없는 한 후자는 아니리라.

"시바랑 이런 걸 하면, 더 이상 애인 대행은 즐길 수 없을……지도."

"……."

그것은 히메노의 본심이자, 마음에서 흘러나오는 말.

"아…… 미, 미안해. 지금 그건, 그, 그게……."

몇 번이나 대행을 해준 상대에게 해도 될 말이 아니다. 눈가를 늘어뜨리고 머리를 숙인 히메노에게 료마는 화를 느끼지 않았다.

다정한 미소를 짓고서 이렇게 대답했다.

"사과할 거 없어, 히메노. ……솔직히 나도 그렇게 생각

했으니까."

"아."

"물론 배려해서 맞춰주는 게 아니야."

그렇게 서두를 떼고 곧바로 말을 이었다.

"내 생각이지만, 서로 이렇게 느끼면서 대행의 규칙에 얽매여 있다면 즐겁지가 않을 테니까 회사가 연락처 교환을 금지하는 걸지도."

"응…….."

조심스럽게 동의하는 히메노.

대학교에서 우연히 만나서 연락처를 교환하지 않았다면 이런 것도 깨닫지 못했을 것이다.

"그래도 히메노가 이렇게 말할 줄은 몰랐어. 어쩐지 대행인으로서는 휘둘리는 기분일지도."

"시바가 즐겁게 해준 덕분…….."

"아하하, 내 덕분이라고만 할 일은 아니잖아? 내 입장에서는 히메노가 상대가 아니었다면 이렇게나 즐겁게 보낼 수는 없었을 거야."

서로가 즐거운 시간을 보낼 수 있었다면 그것은 이미 서로의 덕분이리라.

"……하지만, 무척 아쉽네."

"아쉬워?"

"내가 할 소리인가 싶지만, 히메노의 남자친구 역할은 다른 대행인에게 빼앗기겠지 싶어서. 앞으로 이걸 더 한다면,

다른 대행인을 고를 테니까."

신경이 쓰이는…… 아니, 그 이상으로 빠져 있는 여자가 다른 남자와 데이트한다.

생각하는 것만으로 기분이 나빴다.

『대행인은 좋은 인상을 줄 수 없다』. 카야의 그 말은 이런 경우에 딱 들어맞을 것이다.

"히메노가 다른 남자랑 데이트하면…… 시바는 답답해?"

"뭐, 그렇지. 막을 권리가 있다면 막을 정도로."

"……정말?"

료마의 눈에는 어쩐지 재미있는 것을 떠올린 듯한 표정의 히메노가 비쳤다.

기분 탓일까, '다른 대행인과 데이트를 하면 시바에게 짓궂게 굴 수 있어'라는 것 같았다.

하지만 그것은 정답이 아니었다. 히메노는 그런 생각을 하는 것이 아니라 그저 답답해하는 모습이 기뻐서, 그 감정을 애써 참고 있을 뿐.

"시바가 그렇게 생각해준다면 히메노는 조금 거리를 둘까 싶어……."

"어, 어어…… 나한테서? 아니면 애인 대행?"

"대행한테서……. 그러면 또, 즐거울 거라 생각해."

그립다. 오랜만이다. 그런 감각이 있다면 즐거우리라 이야기하는 그녀.

반대로 말하면 그 정도 감각이 없고서는 오늘 이상의 즐

167

거움을 느낄 수는 없다는 의미.

"……고마워, 라고 하면 될까? 한동안은 누구하고도 대행을 하지 않겠다는 거지?"

"응. 시바가 답답하다고, 그러니까."

"그건 아무리 봐도 덤으로 붙은 이유잖아?"

"이쪽이 중요해……."

"또 그러기는."

가벼운 대화 덕분에 밝은 분위기로 돌아갔다. 대화를 나누기 편한 분위기로 돌아갔다.

료마는 이때 입에 담았다. 중요한 이야기를.

"그래도, 이러면 서로 때마침 적당한 타이밍이었네."

"서로……?"

"응. 그게 말이지, 밥 다 먹고 시간을 좀 내줄 수 있을까. 히메노한테 하고 싶은 이야기가 있어서. 그때 말해줄게."

"……어. 아, 알았어……."

"아, 그렇게 긴장할 것 없어. 이야기를 들어주기만 하면 되니까."

미간에 주름을 지으며 진지한 표정이 됐음을 느낀 료마는 의식적으로 표정을 부드럽게 바꾸었다.

"일단 지금은 식사를 즐길까. 식으면 아까우니까."

"응, 먹자."

그런 말로 저녁 식사를 재개했다. ……본론을 이야기할 시간은 시시각각 다가오고 있었다.

그리고 한 시간 이상 지나서 식사와 뒷정리를 마쳤을 무렵.

"시바, 슬슬…… 괜찮아. 히메노한테 하고 싶은 이야기."

거실에서 히메노는 이렇게 재촉했다.

"그러네. 그럼 이야기할게. 가벼운 느낌으로 할 테니까 히메노도 편하게 들어줘."

"알았어."

마음의 준비도 상황도 갖추었다.

텔레비전이 켜진 거실에서 료마는 전했다.

"서로 적당한 타이밍이라던 얘기 말인데…… 나, 이번 주에 애인 대행을 완전히 은퇴하게 됐어."

"어어?!"

"아하하, 역시 놀라는구나. 사실은 새해를 맞이하기 전에 회사에는 얘기했거든. 더 이상 예약은 안 되는 상태로, 시기의 문제로 이름만 남아 있는 느낌이야."

"자, 잠깐만. 왜, 왜 그렇게 된 거야……. 히메노, 회사에는 아무 말도 안 했어……."

크리스마스이브 데이트에 규칙 위반을 저지른 책임인가. 히메노는 그렇게 생각했지만 그건 아니었다.

"아니, 회사에 그 일이 들키지는 않았어. 그저 내 의지로 그만두는 것뿐이야."

"그, 그럼, 무슨 일 있었어……? 가르쳐줘……."

예상 밖의 고백이었을 것이다. 동공이 흔들리는 그녀.

그런 가운데, 료마는 용기를 끌어 올리듯이 입을 열었다.

가족 사이의 규칙이 아니라, 조금 다른 이유를 꺼냈다.

"……나, 히메노한테 말했잖아? 히메노가 아닌 상대였다면 제대로 주의를 줬을 거고, 끌어안을 일도 없었을 거라고."

"그랬어."

"뭐, 간단히 말하면…… 이게 그 대답."

"뭐엇."

"그런 표정이라는 건, 이제 안다는 거지?"

"……모, 몰라. 그런 거 몰라. 그러니까, 자세하게 말해 줘……."

그녀는 시선을 피했다. 안절부절못하고 몸을 움직이며 얼굴을 주홍빛으로 바꾸었다.

자신의 예상이 옳은 것인지를 확인하기 위한 거짓말이 리라.

지금이라면 아직 료마는 도망칠 수 있다. 얼버무릴 수 있다.

하지만 이미 마음은 굳어졌다.

부끄러워하지 않고 남자답게 제대로 입에 담았다.

"이런 얘기는 곤란할 테지만, 갑자기 무슨 소리냐고 생각할 테지만, 히메노가 아닌 여성과 애인 대행을 하는 게 싫어졌어. 히메노와 돈으로 엮여 있다는 게 싫어졌어. 그게 이유야."

"……웃."

가족에게 비밀로 애인 대행 일을 하다가 들켜버린 것이 계기라곤 하지만, 이 마음에 거짓은 없다.

카야의 말을 듣고 눈이 뜨였다.

『내가 하고 싶은 이야기는 말이지, 이 알바는 대행 중에만 고생하는 게 아니라는 이야기야. 최악의 경우에는 학교 안에서도 고생하게 될 테고, 신경이 쓰이는 사람이 생긴 시점에서 돌이킬 수 없는 후회를 할 알바이기도 해. 좀 더 말하면 나쁜 소문이 퍼지는 건 시간문제고, 료마를 좋아해 주는 상대까지 상처 입힐 우려가 있어. 어떤 사정이든 다른 이성을 데리고 있는 시점에서 좋은 인상 따윈 가질 수 없으니까.』

자신의 마음에 솔직해질 수 있었다.

『자기 의지로 그만두는 거니까 분명 누나의 말을 빌려서 납득시키는 것보다 자신의 마음을 전하는 편이 나을 거야. 전할 상대는 선배가 마음에 둔 아이니까 제대로 공략해야지. 본심으로서 더 강한 건 이미 그쪽이잖아?』

그리고 아이라의 조언을 그 위에 겹치듯 떠올렸다.

평생 떨어지고 싶지 않은 상대는, 후회하고 싶지 않은 상대는 하나였다.

"오늘을 보내면서 정말로 깨달았어. 히메노한테 선수를 빼앗겨버렸지만, 정말로 즐겁고 히메노의 애인이 될 사람이 부러워져서."

"……."

"어, 어어…… 뭐. 그게……."

눈을 내리깔고 다음 말을 기다리듯이 얼굴을 새빨갛게 물들인 히메노. 그런 그녀를 본 순간, 심장이 입에서 튀어나오는 것만 같은 감각이 료마를 덮쳤다. 격렬한 고동이 히메노에게까지 전해지는 것은 아닐까. 그렇게 느껴버릴 만큼의 긴장감에 뒤덮였다.

"그게…………."

한층 더 긴 침묵.

그것은 또다시 용기를 낼 수 있는 시간.

그리고 료마는 입술을 힘껏 악물었다. 양손에 힘을 실었다.

최후의 용기를 짜내듯이 최후의 말을 전했다.

"응. 많은 여자와 데이트를 하는 알바를 해놓고 정말로 뻔뻔스러운 이야기지만…… 히메노를, 정말 좋아합니다."

"으으."

꾸며낸 말은 없었다. 심플하고 직설적인 고백.

"……."

"……."

"…………."

"…………."

고백을 마치자 또다시 긴 침묵이 거실에 찾아왔다. 지금

들리는 것은 작게 틀어놓은 텔레비전 소리뿐.

자그마한 몸을 부들부들 떨고 고개를 숙인 히메노의 표정은 전혀 알 수 없었다.

그래도 료마는 그것으로 충분했다.

"히메노, 대답은 지금 안 해도 돼. 갑작스러운 일이라 놀랐을 테고, 무리하진 않았으면 하니까."

원래부터 말이 서투른 그녀였다. 이런 상황을 만들어버린다면 이렇게 되는 것은 당연하다고도 할 수 있었다.

원인을 만든 료마는 더 이상 침묵하지 않고 계속 말했다.

"그리고…… 고백한 내가 이러는 것도 뭣하지만, 혹시 애인 대행 만화를 더 이상 못 그리게 됐을 때는 나를 의지해도 되니까. 그때는 그때의 규칙으로 협력할게."

트위트에 투고하는 만화는 아직 연재 도중이다. 애인 대행은 자신이 멋대로 그만둬버린 일. 혹시 무언가 영향이 발생한다면 마지막까지 협력할 생각이었다.

그렇게 하지 않으면 자신의 이야기도 아무 소용이 없다. ……그렇게 생각했다.

"응. 이걸로 내가 하고 싶은 말은 전부 했어."

시계를 봤더니 20시 전. 이야기를 끊은 료마는 의자에서 일어섰다.

"……히메노, 난 슬슬 돌아갈게. 배웅은 안 해도 되니까."

귀가하기에는 적당한 시간이다. 그런 이유가 아니라도 고백의 대답이 없는 상태에서 머무르는 것은 바람직하지 않으리라. 쓸데없이 경계를 사고 말지도 모른다.

말만 던지고 도망치는 것 같은 모양새였지만 그녀를 생각한다면 이 선택은 올바를 것이다.

"그럼 또 봐. 오늘은 정말 고마웠어."

이때, 신기하게도 거북한 심정은 없었다. 상쾌한 기분을 느끼며 지갑을 주머니에 넣고 거실과 복도를 잇는 문을 열었다.

"……."

문득 뒤를 돌아봤더니 아직 같은 자세로 굳어 있는 히메노가 있었다. 그런 그녀의 모습을 마지막으로 보고 몸을 정면으로 되돌렸다.

──대답을 듣기까지는 길겠구나.

그런 각오가 깃든 순간이었다.

『덜컥.』

등 뒤에서 의자가 격렬하게 움직이는 것 같은 소리가 들리고, 다음으로 달려오는 발소리가 귀에 닿았다.

그 소리를 반사적으로 확인하려고 했더니──.

"윽!!"

료마를 덮친 것은 자세가 무너질 정도의 큰 충격. 그 원인을 만든 인물은 조금 전까지 의자에 앉아 있던 그녀. 허리에 팔을 두르고 꽉 끌어안은 히메노였다.

"잠깐…… 히, 히메노?!"

상황이 전혀 정리되지 않았다. 등 뒤에서 끌어안겨 완전히 움직임이 억눌렸다.

혼자 사는 집에서 이 상황. 애인 대행 때에는 절대로 일어나서는 안 될 일이 일어났다.

"히메노. 이, 이건 좋지 않아."

료마의 눈에 보이는 것은 자그마한 은발 머리에 끌어안은 자세. 훌륭하게 얼굴을 가린 모습이다.

단호한 태도를 보이려 해도 그럴 수는 없었다. 지금 밀착한 히메노는 조금 전에 마음을 전한 상대이니까.

"히메노……?"

"……."

"저기, 히메노도 참……. 이, 이래서는 못 움직이니까……."

무슨 말을 해도 대답은 없었다. 하지만 말을 건네면 건넬수록 그녀는 팔에 힘을 싣고서 떨어지려 하지 않았다.

전혀 진전은 없었다. 몇 초, 몇십 초 동안 침묵 그대로. 그 대신에 료마는 점차 냉정해졌다.

그때 간신히 깨달았다. 이것은 그를 불러 세우려는 의지를 가진 행동임을.

료마는 재촉하지 않고 가만히 기다렸다. 그녀가 마음의 준비를 갖출 때까지.

그리고 그렇게 한 보람이 있었다.

"자기 말만 하고 가다니, 치사해……."

흐릿하니 작은 목소리가 들린 것이었다. 안겨 있는 탓에 옷과 입이 가까운 거리에 있는 것 같았다.

이런 적막한 방이 아니었다면 절대로 들을 수 없을 음량이었다.

"시바만, 치사해……."

"……."

"히메노도, 히메노도……."

감정이 크게 흔들리는 것처럼 목소리도 점차 커졌다. 그리고 그녀는 이제까지 볼 수 없었던 고개를 들고 말했다.

"히, 히메노도…… 좋아해."

"어?!"

커다란 눈에 눈물을 글썽이고 목 위로는 새빨갛게 달아올라서……

"시바를, 정말…… 좋아해."

"……."

고백의 대답이 두 번이나 전해졌다.

그녀는 용기의 한계에 다다른 것인지, 안고 있던 팔을 힘없이 내렸다. 그대로 무릎까지 꿇으며 바닥에 털썩 주저앉았다.

"……."

"……."

이것으로 료마의 움직임을 가로막는 것은 사라졌다. 다만 료마는 조금 전처럼 떠나려고 하지 않았다. 아니, 그럴 수 없었다.

그 자리에서 몸을 180도 돌려 정면을 향한 료마는 천천히 앉았다.

새빨간 얼굴의 그녀와 시선을 마주하고…… 손을 뻗었다.

그것은 히메노의 머리 뒤와 허리에서 멈췄다.

"마음을 전해줘서 고마워……. 정말로 고마워, 히메노."

"응."

감사를 전한 료마는 그녀를 끌어안았다. 가슴께에 그녀의 얼굴이 닿도록…… 힘껏, 힘껏 떨어지지 않도록.

크리스마스이브 때처럼 규칙에 얽매일 것은 없었다. 마음대로 할 수 있었다.

히메노도 료마 옆구리 아래로 손을 넣어 역시나 끌어안았다.

더 이상 말은 필요 없었다. 서로가 그렇게 마음이 통한 것처럼 몇 분이나 계속 포옹을 나누었다.

* * * *

"시바, 잠깐, 세……."

"앗."

포옹을 푼 계기는 히메노의 도움 요청이었다.

자그마한 몸을 가진 히메노와 커다란 몸을 가진 료마 사이에는, 불편한 부분이 생기는 법이다.

힘 조절을 그르친 것은 명백해서 바로 사죄했다.

하지만 그녀는 화나거나 한 게 아니었다. 오히려 응석을 부리는 스위치가 들어갔는지——.

"이번에는, 조금 더 부드럽게…… 알겠지?"

이렇게만 말하더니 료마가 반응하기 전에 스스로 안겨 든 것이었다.

떨어지지 않도록 꽉, 히메노는 잔뜩 힘을 실었다.

결국 료마가 그녀의 집을 나온 시각은 밤중인 23시를 넘었을 무렵.

사귄 첫날부터 무척 어리광부리는 성격에 행복해하면서 도 고민에 빠진 남자친구였다.

　시간은 지나서 1월 9일. 겨울방학이 끝나고 대학교 첫 등교일이었다.

　"어, 안녕 유키야. 오랜만이야."

　"오랜만…… 아니, 허? 너, 료마냐?"

　"응."

　"아니, 응이 아니잖아! 너…… 그거 대체 뭐야. 머리라도 부딪혔어?"

　"갑자기 너무하네……."

　강의실 안에서 애인 대행을 소개해준 친구, 나카무라 유키야가 료마에게 신랄한 말을 퍼부었다.

　당연히 여기에는 그럴 만한 이유가 있었다.

　"너무하기는, 됐다면서 완고하게 행동하던 네가 갑자기 이미지 체인지를 하고 학교에 왔으니까 어쩔 수 없잖아……."

　'왁스는 비싸고 매일 쓰면 금세 없어진다'.

　'콘택트렌즈보다 안경이 편하다'.

　이것이 료마가 평소부터 하던 말이다. 놀러 갈 때나 알바를 갈 때에만 단정하게 용모를 갖추다가 겨울방학에 마음을 바꿔 먹고 왔으니 당연하다.

　"……뭐, 진지하게 말하자면 료마가 대학교에서도 이미지 체인지를 한 이유 정도는 예상할 수 있거든, 나는."

"어, 정말?"

료마가 왁스와 콘택트렌즈를 갖추고서 학교에 온 이유는 하나다. 카시와기 히메노라는 애인이 생겼으니까. 애인 앞에서는 당연히 조금이라도 좋은 모습을 보여주고 싶은 법이다.

애인이 생겼다는 사실은 부끄러우니까 누구에게도 가르쳐줄 생각은 없었지만, 유키야는 그에 가까운 해답을 가지고 있었다.

"그건 바로, 좋아하는 여자라도 생겼다. 맞지?"

"아하하, 정답."

"역시! 아니, 너무 간단히 말해주잖아! 뭐, 됐어. 그 상대는 누구야?!"

연애 이야기는 신이 나는 법. 어깨를 찰싹찰싹 얻어맞으며 료마는 이번에도 솔직하게 대답했다.

언젠가 사귄다는 사실은 들킬 것이다. 그때의 반응을 기대했다.

"카시와기 히메노야."

"지, 진짜로?! 로리린이야?!"

"으, 응. 이런저런 일이 있어서."

"진짜냐, 진짜냐고……. 너, 너는 격전 지역으로 돌진하는 타입이었구나……. 로리린한테 남자 친구가 있다는 소문이 도는 건 알지? 나는 못 봤지만 겨울방학 전에 남자랑 같이 돌아가는 걸 본 녀석이 몇 명이나 있다더라고……?"

선심일 것이다. 유키야는 '그러니까 포기하는 편이 낫다'라고 넌지시 호소했다.

……하지만 겨울방학 전에 히메노와 함께 돌아가던 남자야말로 료마이고, 그 정체를 누구에게도 들키지 않은 이유 중 하나다.

하교할 때, 료마는 안경에서 콘택트렌즈로 바꾸고 긴 머리카락을 왁스로 정돈해서 다른 사람처럼 변신했으니까.

평소 눈에 띌 법한 행동을 하지 않는 만큼, 속이는 능력은 강력해진다.

"게다가 남자 친구 만드는 덴 흥미가 없다고 그러던 이유는, 그 남자친구를 안심시키려고 그런 모양이라는 이야기도…… 말이지?"

"포기한다면 더 이상 결과는 뒤집을 수 없으니까."

"너…… 굉장하네. 이런 상황에서 노리려고 하다니."

"안 될까?"

"아니, 그것이야말로 남자로군!"

두 사람이 사귀는지 모르는 유키야는 "응응!" 하고 크게 고개를 끄덕였다.

참으로 감탄하고 있지만 가까운 장래에 제대로 뒤집어질 것이다.

"뭐, 너는 응원하겠지만…… 로리린한테 애인이 있더라도 라이벌은 많으니까 조심해. 표정이 죽었을 때 제대로 서포트한다면 작은 빛 정도는 보일지도."

"……."

그때, 조언을 받는 쪽은 애써 싱글대려는 표정을 감추고 있었다.

확실히 그 평가는 틀리지는 않았다. 히메노는 말 없고 표정의 변화도 빈약하지만, 모두를 상대로 그렇지는 않다는 사실을 료마는 알고 있었다.

고백한 그날 밤처럼…… 특별한 상대에게만 보여주는 큰 표정이 있다.

료마는 머릿속으로 그때의 얼굴을 떠올리며 몰래 배덕감을 느끼고 있었다.

"일단 내 여자친구가 로리린이랑 친구니까 만날 기회를 원한다면 말해줘. 협력은 할게."

"고마워. 큰 도움이 되겠어."

"그래. 혹시 네가 로리린이랑 사귀게 된다면 더블데이트라도 할까!"

"그러네. ……정말로 고마워, 유키야."

"응? 어어. 어쩐지 지금 엄청 마음이 담긴 것 같은데?"

"뭐, 이런저런 감사를 담았으니까."

"그런 거냐! 어쩐지 인사를 받으니까 소름이 돋았어!"

"아하핫, 미안미안."

마음이 담긴 것은 지극히 당연한 일이었다.

혹시 그때 유키야가 애인 대행을 권유하지 않았다면…….
등을 밀어주지 않았다면── 히메노와 만날 수는 없었을 테니까.

애인 관계가 되는 일 역시 절대로 없었을 테니까.

지금 다시 생각하면 정말 신기한 인연으로, 운명처럼 만난 두 사람이었다.

* * * *

오전 강의가 끝나고 대학교는 점심시간.

3층 테라스석에서는 3인 그룹이 앉아서, 편의점에서 산 식사를 펼쳐놓고 있었다.

"있지있지, 히메노. 대체 료마 씨랑 무슨 일이 있었던 거야?"

"아! 그거 나도 신경 쓰였어, 아미. 일이 그렇게 됐으니까."

"시바가, 그렇게 돼……?"

아미와 후코는 소금 맛 삼각김밥을 손에 든 히메노에게 의문을 던졌다.

이것은 지금 이 학교에서 가장 뜨거운 화제.

"어라, 히메놋치는 못 들었어? 2학년 강의실에 미남이 나타났다──라는 이야기."

"살펴보러 가거나 동아리 권유하러 가는 여자가 여럿 있다던데."

"아, 그건 들었어. ……하지만 흥미 없어."

내숭 부리는 게 아니다. 그렇게 이야기하듯 단호하게 끊어내고 삼각김밥을 덥석 먹었다.

히메노가 이러는 것도 당연하다. 어떤 미남이 나타나든지 그런 일은 아무래도 상관없으니까.

그녀의 머릿속은 남자친구 료마로 가득했다. 다른 남자가 끼어들 틈 따위 없을 정도로.

"어?! 아니아니, 흥미 없을 리가 없잖아! 혹시 히메놋치는 모르는 거 아냐……? 그 사람에 대해서."

"응, 몰라."

"그렇구나―. 어쩐지 태연하더라니. 아미, 가르쳐줘!"

"모른다면 가르쳐주지 않는 편이 나을 것도 같은데…… 차분히 들어, 히메노. 그 미남이라고 떠들썩한 상대가 바로 료마 씨라는 거야."

"어?!"

"아! 삼각김밥!"

그 사실을 들은 순간이었다. 히메노는 아직 삼분의 일 정도밖에 안 먹은 삼각김밥을 테이블 위로 툭 떨어뜨리고 말았다.

경악한 반응. 삼각김밥을 얼른 처리했지만 그녀의 모습에서는 명백한 동요가 보였다.

"아미. 조, 좀 더 자세히 가르쳐줘……."

료마가 동아리 가입을 권유받고 있다. 입소문이 나있다. 애인으로서는 가만히 있을 때가 아니었다.

"료마 씨는 평소부터 눈에 띄지 않는 용모로 학교에 다

녔잖아? 그런데 그게, 오늘은 데이트할 때의 모습으로 왔다니까. 안경에서 콘택트렌즈로 바꾸고, 왁스도 바르고. 그렇지, 후코."

"그래그래. 좀 더 대략적인 흐름을 가르쳐주자면, '어, 저런 남자(료마 씨)가 우리 학교에 있었던가? 아니, 없었지. ……아, 저거 겨울방학 전에 로리린이랑 같이 있던 녀석이잖아?!'라는 느낌으로, 폭발적으로 퍼졌나봐."

"……."

상황을 파악한 히메노의 얼굴에 짙은 그림자가 드리웠다. 완전한 불만을 드러내고 있다.

"근데 말이지, 솔직히 말해서 이건 이해가 안 된다고."

"이해가 안 돼?"

"그게, 료마 씨의 애인은 히메노잖아? 우리라면 승산이 없으니까 바로 포기하고 애인 없는 남자를 찾을 텐데."

"아―, 내 생각이지만 그건 그냥 흥미로 움직이는 거겠지. 일단 재미있는 화제니까 가보자는 정도로."

"그렇군……. 하지만 말이지, 후코."

"응응. 아미의 생각대로, 진심으로 노리는 아이도 나오겠네. 시간문제라는 거지."

"…………."

수다스러운 아미와 후코는 히메노를 제쳐놓고 신이 났다. 아니, 이러면서 히메노의 부활을 기다린다고 할 수 있었다.

"인기 있는 커플은 이래저래 문제가 발생하니까 말이야.

한 번은 둘이서 이야기를 해보는 편이 걱정도 줄어들 거야."

"보아하니 히메놋치가 이미지 체인지를 하라고 지시한 건 아닌 모양이니까."

"⋯⋯응. 그렇게 할게."

애인 대행의 관계는 이제 막을 내렸다.

진짜 애인으로서, 조심할 것 없이 가볍게 메시지를 보낼 수 있다.

『시바, 오늘 시간 있어? 이야기하고 싶은 게 있어.』

이 한 문장과 머리를 부여잡은 판다 스티커를 보냈다.

히메노는 현장을 보지 않았지만 상상하는 것만으로도 질투심이 싹트고 있었다. 료마의 의도를 한시라도 빨리 이해하고 싶었던 것이다.

* * * *

"기다리게 해서 미안해, 히메노. 볼일이 좀 있어서."

다섯 번째 강의를 마치고 모든 수업이 끝난 료마는 빈 강의실에서 히메노와 만났다.

"⋯⋯으음."

"어, 어라?"

좋아하는 과자를 먹으면서 기다리던 것도 아니고 그저 토라진 표정으로 바라보는 지금, 그녀가 불만을 품고 있다는 것은 알기 쉬웠다.

"시바, 지금 말한 볼일이란 건 뭐야?"

"어, 그건, 그게……."

"역시, 여자가 유혹한 거야……."

"윽!"

갑작스러운 물음에 그만 머뭇대는 바람에 간단히 정답을 드러내고 말았다.

"히메노, 들었어. 시바 주변에 여자들이 모인다고."

"……."

"시바, 왜 그 모습으로 왔어……? 평소 모습이라면 그렇게 되지는 않았을 거야."

히메노는 입술을 삐죽 내밀고서 어쩐지 날이 선 목소리로 물었다.

사귀게 된 뒤로 처음 찾아온 찌릿찌릿한 시간.

빈 강의실은 싸우기 직전 같은 분위기였지만, 그것을 씻어내듯이 기뻐하며 료마는 미소 지었다.

"혹시 질투해준 거야?"

"……읏!"

그녀는 정곡임을 알 수 있을 정도로 눈을 크게 떴지만 금세 내리깔았다.

그러고는 입을 우물우물하더니 솔직한 마음을 이야기해 주었다.

"계, 계속 답답했어……. 시바는, 히메노의 첫 애인이니까. 그러니까, 뺏기기 싫어……."

"히메노……."

이 말을 듣고 미안해졌다. 어떤 이유든 그런 불안을 품게 만들어버린 것이. 제대로 이야기를 해줬더라면……. 그렇게 반성했다.

"미안해. 지금부터 제대로 설명할게."

"응……."

"우선은 이 모습으로 변한 이유인데, 히메노라는 애인이 생겨서야. 그저 그것뿐. 다른 감정은 없어."

"……어?"

"이제까지 대학교에서 용모를 신경 쓰지 않았던 건, 마음에 둔 사람이 없어서였어."

왁스가 비싸니까. 콘택트렌즈가 비싸니까. 그런 부끄러운 이유도 있었지만 료마는 그건 비밀로 했다.

"하지만 지금은 아니잖아? 같은 학교에 애인이 생겨서, 시간만 맞으면 만날 수 있는 관계가 되었어. 그러니까 조금이라도 청결해 보이는? 그런 나로 있고 싶어서."

"……."

"좋아하는 사람한테 단정치 못한 모습 따윈 보여주고 싶지 않고, 그게 원인이 되어서 미움을 받고 싶지 않고, 나도 히메노의 애인이라는 입장은 누구에게도 빼앗기고 싶지 않고."

그녀는 로리린으로서 무척 인기가 있다. 애인이 생겼더라도 히메노를 노리는 남자는 잔뜩 있을 것이다.

그런 남자들에게 지기 싫다. 그것이 지금의 강한 마음.

"그러니까 이런 짓을 할 것 같은 남자가 있다면 바로 가르쳐줘. ……독점욕이 강해서 미안하지만."

"아……."

료마는 히메노의 머리로 손을 뻗어서, 쓰다듬으며 웃었다. 애인의 특권이라고도 할 수 있는 접촉 방법.

그동안에 그녀는 계속 가만히 있었지만 이내 살며시 머리를 내밀었다.

"정말이지, 약삭빠르다니까, 히메노는."

"뭐라고 그랬어?"

"아니, 아무것도 아냐."

못 들은 척에 맞추어줄 수 있는 료마는 머리에서 손을 뗐다.

어쩐지 아쉽다는 표정을 마주했지만, 지금 중요한 것은 또 하나의 설명이었다.

"으음…… 그럼 내 주변에 여자들이 모여들었다는 이야기를 하겠는데, 그에 대해서는 히메노의 오해가 있다고 생각해."

"좀 더 자세하게."

"뭐라고 할까…… 나한테 흥미가 있어서 모여든 게 아니라는 거. 우리가 애인이 된 계기를 들으러 왔을 뿐이야."

"시바를 노린 게 아니야?"

"아하하. 연예인도 아니니까 그럴 일은 없어."

그런 레벨에 다다랐다면 애인 대행으로 바쁜 나날을 보냈을 것이다.

"그게, 나는 겨울방학 전에 이 모습으로 히메노랑 돌아 갔잖아? 그래서 그때의 현장을 본 여자들이 여러 명 달려 왔다는 느낌일까. 애인이라는 소문도 이미 돌았으니까."

"그, 그렇……구나."

히메노는 이 설명으로 간신히 가슴의 응어리가 풀렸는지 환한 표정을 보여주었다.

이것으로 료마도 안심——한 것은 잠시뿐.

"음……. 잠깐만, 시바."

"응?"

"그럼…… 처음에 볼일이 뭔지 물었을 때, 어째서 말문이 막혔던 거야?"

"어?"

"그게, 그런 이유라면 제대로 말할 수 있었을 거야. 시바는 아직 무언가 감추고 있어."

"아, 아니……."

"그 반응, 틀림없이 뭔가 감추고 있어."

그녀가 이번에는 불신감을 드러내며 의심의 눈초리를 향했다.

"꼭, 꼭 말해야만 해……? 정말로 걱정할 법한 일은 안 했으니까."

"켕기는 게 없다면 말할 수 있을 거야. 말 못 하겠다면 히메노는 화나."

그 말은 정론이지만 때로 이것은 정론이 아니다.

"아, 알았어⋯⋯. 이야기할게."

"응. 말문이 막힌 이유는?"

"그, 그게⋯⋯ 단순히 부끄러웠던 거야. 모여든 여자들한테 제 것마냥 잔뜩 말해버렸으니까."

"제 것⋯⋯ 마냥?"

와닿지가 않는 것도 무리는 아니었다. 료마는 지금 당장 도망치고 싶었지만 당연히 그럴 수는 없었다. 수치심을 감추듯이 뒤통수를 긁적이며 이야기했다.

"아까 독점욕이 강하다고 그랬잖아⋯⋯? 나. 그래서 그게, 히메노를 잔뜩 칭찬한다든지 해서."

"웃."

"⋯⋯부추기는 바람에 그만 연애 이야기도 했고."

"웃!"

"히, 히메노는 내 거~ 같은 소리도 했고⋯⋯."

"웃?!"

무의식일 테지만 삼단활용을 하는 히메노를 보고 더더욱 부끄러운 심정이 덮쳐들었다.

"그, 그러니까 말문이 막히는 것도 어쩔 수 없었어. 켕겨서 그런 게 아니라 쓸데없이 까불다가 부끄러운 소리만 했으니까."

"이, 이제 알았어⋯⋯."

"이해해준다면……. 응, 괜찮아."

그녀와 함께 얼굴을 붉히고 마는 료마. 서로가 자폭한 것이나 마찬가지였다.

"시, 시바는 그렇게나 히메노, 좋아……?"

그리고 히메노는 얼굴을 새빨갛게 물들인 채로 공세를 펼쳤다. 이렇게나 부끄러운 상태에서 공격을 당하니까 솔직해질 수 있을 리도 없었다. 반사적으로 자기방어를 해버렸다.

"보, 보통……."

빤한 말로.

"이런 건 제대로 말해줘."

"마, 말할 수 있는 상태라면 말할게."

"조, 좋아한다고 하면…… 특별히 키스해줄 수도, 있어."

"……어?"

"더, 더 이상은 말 안 해."

히메노는 행동으로 증명하듯이 맹렬한 스피드로 고개를 홱 돌렸다.

"아, 아니, 여긴 학교라고? 누가 본다든지 하면."

"빈 강의실……인걸."

"이, 있잖아, 우리 사귀고 아직 나흘째인데? 빠르지 않아?"

료마가 동요하는 것도 무리는 아니었다. 두 사람이 경험한 것은 손을 맞잡는 것과 안는 것, 두 가지뿐.

키스는 아직 한 번도 한 적이 없으니까.

"시바가 기쁜 말, 하니까……."

"아, 아하하……."

"안 한다면 앞으로 계속 미룰 거야. 시바를 겁쟁이라고, 계속 부를래……."

"호, 호오. 선배한테 그런 소리를 하다니."

"선배가 아니야. 애인."

차려진 밥상을 먹지 못하는 것은 남자의 수치. 그야말로 그 말 그대로인 상황.

먹지 않으면 계속 미루겠다. 계속 겁쟁이라고 부르겠다.

이렇게까지 상황을 차려준 히메노를 상대로 료마가 할 행동은 단 하나였다. 료마도 그걸 하고 싶지 않은 것은 아니니까.

"……조, 좋아해. 히메노."

"……후후."

마음을 전했을 때, 눈이 마주쳤다.

그것은 마치 키스할 수 있는 조건을 클리어했다, 라는 이야기를 들은 것 같은 느낌.

"지금 말해두겠는데, 이러고서 철회하기 없다고……? 나도 긴장했고, 용기를 냈으니까."

"그런 짓 안 해. 한다면 히메노가 겁쟁이……."

"그럼 눈을 감아."

"시, 시바도 감아야 돼……? 나 혼자 감는 건, 부끄러우……니까."

"물론이야."

"야, 약속……."

"재촉하는 건 이제 금지."

"……읏."

이때 리드할 수 있었던 것은 애인 대행이라는 강한 경험이 있었기 때문이리라.

료마는 오른손으로 그녀의 머리카락을 쓰다듬고 시선을 맞추었다.

키스를 할 분위기. 그것이 이 행동 하나로 생겨났다.

"……히, 히메노. 처음이니까……. 시바가 먼저, 해줘야 돼……."

"그럼 자, 빨리 발돋움해줘."

"으, 응……."

료마도 재촉할 생각은 없었다. 그저 긴장감으로 한계에 가까운 것이었다.

눈앞에는 얼굴이 있고, 할 분위기가 생겨났다. 그리고 히메노도 최후의 준비를 마쳤다.

그녀는 얼굴을 새빨갛게 물들이면서도 지시를 순순히 들어주었다. 료마의 가슴에 손을 얹더니 뒤꿈치를 들고 눈을 감는 것이었다.

"……히메노."

사랑스러운 그 이름을 부르고, 본능이 시키는 그대로 료마는 얼굴을 가져다 댔다.

그리고 그녀의 핑크색 입술에…… 부드럽게 입을 겹쳤다.

"……응."

놀라울 정도로 부드러운 감촉. 그것을 느끼고 금세 료마
는 얼굴을 뗐다.

시간으로 따지면 1초도 안 되는 입맞춤에, 둘은 동시에
눈을 떴다.

"…………."

"…………."

키스를 했다는 사실에, 풀린 눈빛의 히메노까지 보자 갑
자기 부끄러운 심정이 치밀어 올랐다. 얼굴은 뜨거워졌으
며 거리를 벌리고 싶어졌다.

이제 할 일은 마쳤다. 이야기를 돌리듯이 '이제 돌아가
자'라고 말하려 했다……. 하지만, 히메노는 그것을 예상
한 것처럼── 말했다.

"……다시 한번."

"어?"

완전히 스위치가 들어가 버렸다. 대학교의 빈 강의실에서.

"으음…… 응."

"응?!"

히메노는 료마의 옷을 아래로 잡아당겨 조금이라도 거
리를 좁히더니, 이번에는 그녀 쪽에서 갑자기 입술을 뒤덮
었다.

따뜻한, 기분 좋은 감촉이 입술에 또다시 전해졌다.

조금 전의 접촉으로는 부족했는지 신장 차이에 힘겨워하면서도 열심히 입술을 힘껏 밀어붙였다.

상대가 그러자 료마도 더는 멈출 수가 없었다. 정신이 들었을 땐 료마 역시 고개를 기울여서 마찬가지로 밀어붙이고 있었다.

"응, 응."

입술을 맞댄 채, 학교 안이라는 사실도, 숨 쉬는 것도 잊고서.

괴롭다. 그렇게 느낀 것은 둘 다 마찬가지였다.

"푸앗, 하아……."

"하아…… 잠깐, 히, 히메노……."

"시바, 다시 한번……."

"아니, 잠깐만. 힘들…… 응!"

"응, 으음…… 응."

히메노가 목 뒤로 손을 두르는가 싶더니 또다시 입술을 힘껏 겹쳤다. 호흡을 가다듬을 틈도 없이, 그저 료마 한 사람을 원하듯이.

그곳에는 이미 평소의 얌전한 히메노는 없었다. 한 번 키스한 것만으로 순진한 히메노는 사라졌다.

애인다운 행위를 계속계속 참고 있던 것은 오히려 그녀 쪽이었다.

이럴 때만 적극적으로 변하는 히메노의 모습이라니, 누구도 믿어주지 않을 것이다…….

애인만이 아는 모습이었다.

"히메노? 오늘은 어디 가는 거야?"

"아직 비밀……. 시바한테 보여주고 싶은 게 있어."

"비밀로 하니까 더더욱 신경 쓰이네……."

둘 다 오전 중으로 강의가 끝난 어느 날.

료마는 행선지를 모르는 채로 히메노의 보폭에 맞추어서 걷고 있었다. 물론 두 사람은 손을 잡고 있었다. 서로의 손가락을 깍지 낀 채로.

"기대해……. 놀랄 거라 생각해."

"오오, 그럼 기대하고 기다리기로 할게."

"그, 그럼 그 대신, 손을 놓지 마…… 알겠지."

"아하핫, 알았다니까."

사실 이런 부탁을 듣는 것은 두 번째다. 첫 번째는 손을 잡자마자 바로 들었다.

히메노는 사귀기 시작한 뒤로는 정말로 응석을 부리게 되었다. 순수했던 영향인지 그 부탁은 전부 흐뭇한, 귀여운 것들뿐이었다.

"뭐, 손이 떨어질 걱정은 없다고 생각해."

"어, 어째서?"

"왜냐면, 히메노가 이렇게나 힘을 싣고서 잡고 있으니까. 이래서는 내가 힘을 안 줘도 될 정도야."

"그, 그건 시바의 손이 크니까, 잡기 힘들 뿐……."

말은 이러지만 료마의 손 크기는 평균적이다. 그녀의 손이 작을 뿐이다.

"게다가 시바는 짓궂으니까 손을 떼려고 할 거야……."

"그렇구나. 그런 경계도 포함해서 이렇게나 힘껏 잡은 거구나?"

"응……."

"음―, 조금 더 남자친구를 믿어도 되지 않을까?"

"웃, 시끄러워……."

"어어."

사귀고 일주일이 지났을 무렵. 료마는 그녀의 약점을 발견했다.

바로 애인이나 커플을 연상시키는 말이다. 그것을 입에 담는 것만으로 그녀는 금세 얼굴이 빨개진다. 수줍은 마음을 감추려고 나쁜 말을 건넨다.

그런 귀여운 모습을 보여주면 짓궂게 구는 빈도는 아무래도 늘어나고 마는 법.

"이, 일단…… 히메노가 지치면 다음에는 시바가 강하게 쥘 차례……."

"예―. 알겠습니다."

정말 가까운 거리감으로, 조금 낯간지럽기도 한 대화를 계속하며 걸음을 옮기기를 수십 분.

행선지가 딱 떠올랐다. 이미 시야에 보일 정도로 가까웠다.

"어, 어라…… 혹시 히메노가 간다는 곳은 타이신 신사?"

"응, 정답."

히메노는 이 의문에 고개를 끄덕였다.

"이대로, 히메노를 따라와."

이어서 타이신 신사의 입구로 이어지는 돌계단을 히메노와 올라갔다.

……목적지를 알게 되어, 히메노가 무엇을 보여주고 싶은지 넌지시 헤아린 료마는 몰래 심호흡을 했다.

수치심이 덮쳐들 시간이 올지도 모른다……. 그렇게 마음의 준비를 시작한 것이었다.

"히메노가 보여주고 싶은 거, 여기에 있어."

신사 토리이를 지나 몸을 깨끗이 하고 안으로 더 나아간 곳에서 히메노는 멈춰 섰다.

그곳은 예상 그대로…… 많은 소원판이 봉납된 장소.

"잠깐만 기다려."

그녀는 그런 말을 남기고 검지를 뻗더니 세로 열과 가로 열을 입 밖으로 꺼내어 확인했다.

"네 번째에 여덟 번째……."

그 소원판이 있는 장소를 발견하고 걸린 소원판 하나하나를 들추어보는 그녀.

남의 소원판이기에 난폭하게 다루지는 않고 끈이 풀리지 않도록, 상하지 않도록 다정한 손놀림이었다.

그 모습을 보고 고동이 빨라졌다. 더더욱 히메노에게 마음이 끌렸다.

그만 빠져들었던 그때.

"아, 있다."

그녀가 살짝 큰 목소리로 알렸다.

"시바, 와. 여기 봐."

보여주고 싶은 소원판은 무척 안쪽에 걸려 있었다.

그녀는 상체를 앞으로 살짝 내민 상태였다. 그 위로 다른 소원판이 걸려 있어서 그런지 그야말로 조심스러운 태도다.

"시바, 빨리."

"응, 어디어디?"

그리고 히메노가 보여주고 싶었던 것을 료마는 확인했다.

『연애 성취. 시바의 애인이 되겠다. 행복한 일 년을 보내겠다. T 대학, 카시와기 히메노』라는 소원판을…….

"봤어?"

"응. 봤어. 몰래 이런 걸 걸고 말이야…….'"

"후후. 이거, 이루어졌어……. 정말로 이루어졌어."

히메노는 핑크색으로 뺨을 물들이고 기쁜 듯 보고했다. 산타클로스의 선물을 받은 것 같은, 해맑은 표정으로.

그녀와 함께 이 감동을 잠시 나누다가…… 료마도 그걸 선보이기로 했다.

"실은 말이지, 나도 히메노한테 보여주고 싶은 게 있어."

"시바도……?"

"응. 잠깐만 기다려."

히메노와 마찬가지로 몸을 앞으로 숙이고 두 칸 옆의 소원판을 조심스럽게 들추었다.

대충 어느 위치에 있는지는, 히메노가 봉납한 연애 성취의 소원판 깊이를 보고 알았다.

"있다. 이거야."

"보여줘……."

그렇게 말하며 그걸 들여다본 그녀는 움직임을 뚝 멈추었다. 숨을 삼키는 소리까지 들렸다.

"자, 잠깐만……. 여, 여기……. 이거……."

놀라는 것도 무리는 아니었다. 그건 그 소원판 두 칸 옆에 봉납되어 있었으니까.

『가족 모두가 별일 없이 행복할 수 있기를. 시바 료마.』

그렇게 적힌 소원판이었다. 이렇게나 가까이 있다면 알아차리는 것은 당연.

"시, 시바…… 호, 혹시 히메노 소원판, 봤어……?"

"정말, 답답했다고. 정말로 히메노가 쓴 게 맞는지."

"~~~으읏!!"

히메노는 새빨간 얼굴을 양손으로 가리고 있지만 똑같은 색깔이 된 양쪽 귀가 훤히 드러나 있었다.

그녀의 소원판을 정월에 보지 않았다면…… 이렇게 된 것은 분명 료마였으리라.

"오늘은 있지, 히메노의 소원 성취로 왔지만…… 언젠가 내 소원 성취로도 히메노랑 올 수 있게 될 테니까. 계속 히메노가 좋아할 수 있는 남자가 될 테니까."

"……바, 바보."

"아하핫, 아—, 부끄럽네……. 역시 이런 대사는 힘들구나……."

히메노에게 펀치를 맞고, 열기가 어린 뺨을 긁적인 료마는 수줍은 미소를 지으며 등을 돌렸다.

그로부터 6년 뒤. 히메노의 배에 깃든 아이를 포함해, 가족 셋이서 참배를 온다는 것은 아직 아무도 모르는 미래였다.

"생일 축하해, 카야 누나. 그리고 오랜만이야."

"료마도 오랜만이야―. 고마워. 이런 것 때문에 굳이 와 줘서."

"아니아니, 당연히 와야지."

이날, 일을 마친 료마는 카야의 생일 선물을 주려고 본가를 들렀다.

집 안으로 들어가지는 않고 현관에서 나누는 대화였다.

"본론부터…… 자. 내 선물."

"아―. 정말 고마워."

손에 들고 있던 꽃다발과 마카롱 세트를 건네자 그녀는 기뻐하며 받아주었다.

이 표정을 볼 수 있었던 것만으로도 오늘은 걸음을 옮긴 보람이 있었다.

"……그리고, 이건 우리 아내한테서."

"어, 히메노한테서도?"

"그래. '생일 축하해요'래. 꼭 전해주라고 그래서."

"그렇게까지 신경 쓸 것 없는데……."

올해, 결혼을 하며 카야가 시누이가 된 히메노. 오늘 이 것은 시누이에게 처음 보내는 선물이다.

카야가 신경 쓸 것 없다며 못을 박는 것도 당연했다.

"아니, 이거 정말로 받아도 될까……."

"왜, 왜 그렇게나 주저하는 거야?"

"이거 MMU라는 브랜드라서. 그것도 한정판 박스 색깔이니까 상당한 가격일 거야."

"호, 호오……. 그것참……."

성대한 선물을 했다고 할 수 있었다.

"응? 그 표정은 뭐야. 나한테는 아깝다고?"

"그, 그런 거 아니야! 그냥 기뻤을 뿐."

"기쁘다고?"

"표현이 조금 그렇겠지만, 카야 누나가 기뻐할 물건을 제대로 골라주었구나 싶어서. 주문 한정 선물이라면 나름대로 수고도 들었을 테니까."

료마에게 히메노는 가장 소중한 사람.

그런 사람이 료마가 대학교를 졸업할 때까지 버팀목이 되어주었던 카야를 기쁘게 해주는 것은, 정말로 기쁜 일이다.

"또 와이프 자랑이네."

"그, 그런 눈으로 볼 것까지야……."

'너도 변했구나' 같은 시선에 그만 부끄러워졌다.

"뭐, 이런 멋진 선물을 받아버렸으니까 그에 걸맞은 답례를 해야겠네. 시누이로서."

"……어라, 나한테는?"

"결혼식 축의금 냈잖아."

"어, 그거라고?!"

"뭘 진심으로 놀라는 거야. 당연히 농담이지."

"아, 아하하. 그건 다행이네."

생일이나 정월 행사 정도 말고는 카야와 만날 기회는 없다.

그런 소중한 기회를 줄이지 않기 위해서라도 답례라는 것은 중요한 일이었다.

"……그건 그렇고, 너는 정말로 훌륭해졌네. 은행원이 됐을 뿐만 아니라 나보다도 먼저 가정을 꾸렸으니까."

"정말이지, 미움받지 않으려고 애썼어. 나한테는 과분할 정도의 아내니까."

"귀엽고 한결같고 가사도 잘하고, 불평할 게 없는 아내 인걸. 뭐, 처음으로 소개받았을 때는 무슨 중학생을 데려 왔나 싶었지만."

"아하하. 데이트 중에 불심 검문을 받은 적도 있을 정도 니까 그렇게 생각하는 것도 무리가 아니야."

지금 현재, 히메노는 스물네 살이 되었지만 얼굴은 거의 변하지 않아서 동안 그대로다.

그 탓이라고 연결 짓는 건 실례겠지만, 최근에 경찰이 말을 건네었던 참이다.

"데이트 중에 검문? 그거 히메노가 화났겠는데?"

"기분 나빠했어. '방해하지 마'라는 느낌으로 잘 노려보 지도 못하면서 노려봤으니까."

본인의 입장에서는 노려보는 것이지만 주위에서 보기에 는 그런 인상을 받지 않는다. 간단히 설명하자면 이런 이야기였다.

"정말로 귀여운 아내란 말이지. 데이트에 찬물을 끼얹어서 기분이 나빠졌다니 남자로서 더없이 행복한 일이잖아?"

"솔직히 그래. 즐거워해준다는 걸 알았으니까."

"……그래서, 조금 다른 이야기인데 히메노는 임신하고 이제 3개월 정도였던가?"

"그러네. 3개월 조금 더 됐어."

"벌써 그렇게나 지났구나. 그럼 일단 무리는 시키지 않도록 해. 그 시기가 되면 피로감을 느낀다든지, 아무것도 못 먹는다든지 하고, 입덧도 심해진다고 그러니까."

"……."

료마는 미간을 찌푸렸다. 불안을 표정으로 드러낸 얼굴이었다.

"그밖에도 갓난아기라든지, 본인의 컨디션이라든지, 출산이라든지 이래저래 불안도 있을 거라니까. 선배 애 엄마의 이야기에 따르면, 남편이 빨리 귀가해주는 것만으로도 편해진다고 해."

"…………."

"내가 하고 싶은 말은 이제 알겠지……? 벌써 이런 시간이니까 빨리 히메노 곁으로 돌아가 줘. 적어도 아내에게는 네가 가장 의지되는 존재임은 틀림없으니까."

"그건 그럴지도 모르겠지만, 쫓겨나는 것 같아서 조금 쓸쓸하네."

"예예. 그런 소리 하면서 곧바로 돌아갈 생각이었던 주제에."

"아."

꿰뚫어 봤다는 듯이 시선을 아래로 향하는 카야.

"너, 신발을 벗으려고 하지도 않았잖아? 오래 머무를 일 없도록 현관에서 대화를 마치려는 거니까."

"아, 아하하…… 정말로 카야 누나한테는 못 당하겠어."

반론하지는 않았다. 정답이라고 솔직히 자백했다.

"카야 누나의 생일이라는 건 알지만 역시나 집사람이 아무래도 걱정이라."

"아니, 바로 그게 서방님인걸. 히메노를 가장 소중히 해야 하고, 히메노한테도 가장 의지되는 건 너니까 죽을 각오로 버팀목이 되어줘. 사실은 나 따윌 신경 쓸 여유 따윈 없어."

"……."

카야의 말은 항상 힘이 된다.

평소보다 더 마음을 다잡아야 한다……라고, 강한 마음을 품을 수도 있었다.

"히메노는 걱정을 끼치지 않으려고 참는 타입이니까, 컨디션이 이상한 것 같다면 바로 나한테도 연락해줘. 선배애 엄마한테도 이것저것 물어볼 테니까."

"고마워. 정말 큰 도움이 돼."

카야가 있어서 참으로 다행이다. 솔직히 그렇게 생각한

순간이었다.

"아, 그래그래. 당연하지만 협력은 할 테니까 나도 예뻐해보게 해줘. 너랑 히메노의 아이."

"응, 그건 당연하지."

바라는 것은 아내가 건강하게 지내주는 것. 아기가 건강하게 태어나주는 것.

이 두 가지다.

"그럼 난 돌아갈게, 카야 누나."

"그래. 안전운전 명심하고."

"카야 누나도."

"여전히 건방지다니까."

"편안히 지내게 해준 덕분에 말이지."

"정말이지……."

료마는 자랑스럽다는 미소를, 카야 쪽은 기쁨 반 기가 막힌다는 심정 반인 미소로 답했다.

그리고 서로에게 손을 들며 둘은 헤어졌다.

"다녀왔어— 히메노. 아니, 그냥 걸어와!"

그 후, 한 시간 삼십 분 정도 차를 몰아서 집으로 돌아온 료마는 현관문을 연 순간에 스톱 제스처를 취했다. 하지만 무시당했다.

"어서 와, 료마."

히메노가 료마가 귀가했다는 기쁨으로 타박타박, 그 기

뺨을 미소에 머금고 총총히 현관으로 달려온 것이다.

그리고 조금 전에 주의를 준 것은 옳았다.

눈앞에서 걸음을 멈춘 순간, 히메노는 진지한 표정을 짓는가 싶더니 얼굴이 창백해졌다.

"욱……."

힘겨워하는 한마디가 들렸다.

"거, 거봐. 뛰어오니까……."

카야도 말했다시피, 임신 초기의 입덧 증상이 나온 게 틀림없었다. 입가에 손을 대고 있는 모습을 보니 구역질이 나는 것이리라.

임산부에게는 평범하게 발생하는 증상이지만 당연히 불안은 있었다.

"컨디션이 나쁠 땐 억지로 마중 나올 것 없어. 알겠지? 딱히 화내지도 않을 거고, 지금은 스스로를 소중히 여겨야지."

"미안해. 하지만 이건 히메노가 그러고 싶었을 뿐이야."

"또 그런 소리를……."

올려다보는 그 눈동자 안에 강한 의지가 깃들어 있었다. 그것은 거짓말이 아닐 것이다.

"그, 그럼 적어도 천천히 걸어줄래? 그러면 '욱' 같은 소리도 안 나올 테니까……."

지나친 참견일지도 모른다. 지나친 걱정일지도 모른다. 그 결과, 귀찮게 여길지도 모른다.

그런 불안에도 불구하고 말하지 않고서는 마음이 풀리

지 않았다.

"바로 맞이해준 그 마음은 기쁘지만, 그러다가 악화되어선 안 되니까."

같이 살기 시작한 뒤로는 계속 이렇게 맞이해주었다. 컨디션이 좋은 날도 나쁜 날도 총총히 달려오는 히메노였다.

"알았어."

"아하하, 이건 이미 몇십 번이나 한 이야긴데 말이지……."

솔직히 이 마중은 일을 마치고 귀가할 때의 즐거움이고, 사랑스럽게 느끼는 행동 중 하나다.

하지만 그냥 두었다가 컨디션이 악화되면 이도 저도 안되니까.

료마에게 가장 큰 보물은 히메노인 것이다.

"……자, 그럼 지금부터 얼른 요리를 만들 테니까 기다려줘."

"아, 료마가 먹을 빵 같은 거 사 왔으니까 만드는 건 괜찮을지도."

"사 왔다는 건, 혹시 식욕이 없어?"

"응, 지금은 별로……."

배를 흔들며 가느다란 미간을 늘어뜨린 히메노. 식욕이 없다는 것은 물론 나쁜 정보다.

공복이 되면 구역질이 강해져 버린다. 체력을 소모하지 않기 위해서라도 먹을 수 있는 것을 찾아야만 한다.

"음——, 어쩌지……. 달걀죽이나 신 건 먹을 수 있지 않을까? 달걀찜이나 감자튀김도 먹기 편하다던데."

"어……. 시큼한 건 먹을 수 있을지도……."

"오! 그럼 일단 신 것 쪽으로 만들게. 아침이 되면 식욕이 생길지도 모르니까 죽도 만들어둘게."

입덧할 때, 무엇이 먹기 편한지는 인터넷의 정보나 카야를 통해서 배웠다. 그것이 제대로 기능했다.

"아, 아이스크림 같은 건 아직 남아 있어? 없으면 바로 사 올 텐데."

"그것도 오늘 사 왔으니까, 괜찮아."

"알았어. 일 마치고 돌아오는 길에 사 올 수 있으니까 언제든지 말해줘. 히메노가 의지해주는 건 정말로 기쁘니까."

본심을 밝히며, 미소를 머금고 말을 마쳤다.

아이스크림도 입덧할 때 먹기 편한 음식 중 하나다. 집에서는 절대로 떨어지는 일이 없도록 명심하고 있었다.

"……."

"왜, 왜 그래? 그렇게 쳐다보고."

어째선지 대답이 없었다. 멍—하니 붉은 기가 있는 얼굴로 바라보기에 무심코 되물었다.

"저, 저기, 고마워……. 히메노, 시바의 아내가 될 수 있어서 정말로 행복해."

"천만에요. 그리고 이따금씩 그렇게 부르네요, 시바 히메노 씨?"

"읏!"

"또 기뻐하기는."

"후후, 시바랑 같은 성씨니까⋯⋯."

이렇게 딴죽을 걸면 그녀는 반드시 수줍게 웃는 모습을 보여준다.

히메노가 부르는 호칭이 '료마'가 된 것은 부부가 되며 그녀의 성씨가 카시와기에서 시바로 바뀌었기 때문이다.

또한 결혼 후에는 '시바 히메노'라는 풀 네임을 남몰래 연습하던 모습도 봤다.

그때 일은 기억에 깊이 새겨져 있었다.

그녀는 완전히 혼자만의 세계를 만들어서는 풀어진 입가로 펜을 움직였었다.

학생 무렵과 다르지 않은, 여성스럽게 둥근 글씨로.

"아! 이렇게 서서 얘기할 때가 아니었네. 바로 식사 준비를 할 테니까──."

"료마."

"응?"

신발을 벗고 복도로 올라간 순간, 말을 가로막은 히메노가 강한 시선을 보냈다.

"늘 하는 거, 잊어버렸⋯⋯는데? 이거 해주면 기운이 나."

그리고 히메노는 '이것'을 상징하듯이 양팔을 펼쳤다. 축구 골대를 지키는 골키퍼처럼 크게.

"아, 딱히 잊어버린 건 아니야."

"정말? 그럼 얼른."

"하핫, 이런 일만큼은 성미가 급하다니까."

농담을 건네며 신발을 벗은 료마는 한 걸음만 앞으로 다가가더니 히메노의 옆구리 아래와 어깨 위로 손을 둘러서 꼬옥, 다정하게 끌어안았다.

아이가 깃든 둥그스름한 배를 어루만지며.

'다녀왔어'와 '어서 와'의 허그.

그것은 두 사람의 일상이다. 히메노가 내세운 가족의 규칙이자, 싸웠을 때에도 반드시 하려는 일이다.

"……응? 료마."

"뭐, 뭔데?"

히메노도 팔을 움직여서 끌어안은 그때였다. 그녀가 가슴에 뺨을 대며 물었다.

"몸에서 여자 냄새가 나……."

"어, 여자?!"

"어째서?"

압력이 느껴지는 목소리에, 그늘이 드리운 얼굴이 보였다.

"아니, 정말로 짚이는 건 없는데……."

"하지만 여자 냄새가 나. 꽃처럼 좋은 냄새."

"꽃? 아, 그거 카야 누나 생일로 준 꽃다발 냄새일지도. 운전하면서 흐트러지지 않도록 안고 있었으니까."

"아……."

"미안해, 의심을 살 법한 짓을 해서."

히메노가 안도하며 가슴을 쓸어내리는 것을 알 수 있었다.

쓸데없는 의심을 사버렸지만 료마는 흐뭇하게 대답했다.

배에 갓난아기가 깃든 히메노의 입장에서는 작은 일이라도 불안해지는 것은 당연. 그것을 이해하는 만큼 불만은 전혀 없었다.

"그래그래. 히메노 선물도 전했으니까 안심해."

"……카야 언니, 기뻐했어?"

"그야 정말로 기뻐 보였어. 아, 그 선물 말인데 한정판이라서 비싸다고 들었는데…… 괜찮아?"

"아니, 그건 평범한 거야."

히메노는 고개를 가로저으며 부정했다.

"평범한 거, 말이지……. 허그 그만할까?"

"하, 한정판……. 가격도 좀, 있어."

"거봐, 역시."

히메노를 자백시킬 때의 기술 중 하나다.

괜히 걱정을 끼치지 않으려고 거짓말을 해주는 것일 테지만, 감사를 전하려면 거짓 없이 선물에 대해서 말하고 싶은 법.

"고마워, 히메노. 그렇게나 멋진 선물을 골라줘서. 빨리 개봉하고 싶다면서 카야 누나가 얼른 돌려보냈어."

"……료마, 허그 그만둔다?"

"어?"

"허그 그만둔다?"

"어―, 아하하. 히메노를 위해서라도 빨리 돌아가라는

느낌이었지. 그리고 지금 시기라면 몸 상태가 어떻게 되는지도 가르쳐줬어."

그리고 히메노에게도 료마를 자백하게 만드는 기술은 마찬가지였다.

"응, 걱정해주는 거 기뻐······. 히메노, 카야 언니 정말 좋아."

"저기······ 부탁이니까 딴눈 팔지 말라고? 히메노는 내 아내니까."

"료마랑 조금 닮았으니까 위험할지도."

"제발 그만해요."

히메노는 이따금씩 이렇게 놀린다. 질투심을 부추길 법한 화제로.

하지만 '제발 그만해요'라고 말하기를 바랄 뿐이라는 건, 몸을 꾸물꾸물하며 기뻐하는 모습에서 알 수 있었다.

히메노는 나잇값도 못하고 귀여운 반응을 보여주었다. 1분 정도 포옹을 하고서 팔을 뗐다.

"······자, 그럼 이제 식사 준비를 할 테니까."

"으응······."

"그런 표정 말고."

눈앞에는 약삭빠르게 아쉬워하는 것 같은 얼굴이 있었다.

하지만 여기에 낚여서는 안 된다는 사실을 료마는 알고 있었다. 자기 쪽에서 먼저 끊지 않으면 계속 안겨든다는 사실을 배운 것이었다.

식사를 하기 위해서라도 지금은 냉정해져야 할 때였다.

"그럼 거실로 갈까."

"료마. 히메노, 거실에서 일해도 돼……?"

"어, 으음…… 응. 무리하지 않는 정도라면 괜찮지만, 일을 한다면 업무용 방에서 하는 편이 순조롭지 않을까? 식사 준비 다 되면 부를 텐데."

"아니. 료마가 있는 곳에서 하는 게, 배 속의 아기도 기뻐할 거라 생각하니까."

히메노는 양손을 배에 대고서 한 걸음도 물러날 생각이 없는 듯한 태도를 드러냈다.

그럼에도 어쩐지 조마조마하게 시선을 좌우로 움직이는 모습을 보면 진심을 숨기고 있다는 사실은 알 수 있었다.

"이건 기분 탓일지도 모르겠지만……. 어쩐지 최근에 아기를 구실로 쓰는 거 아냐? 히메노 씨는."

"그, 그렇지 않아."

"그런가. 그럼 그런 걸로 해둘까."

"응."

명백하게 머뭇거리는 모습을 보면 같은 공간에서 지내고 싶은 것이리라.

'시바의 아내가 될 수 있어서 정말로 행복해' 같은 말을 하고, 나아가서 허그를 요구하거나 하면서도 막상 이런 이야기를 입에 담는 것만큼은 부끄러운 모양이었다.

이것만큼은 신기한 일이고, 이렇게나 한결같이 사랑해

주는 아내를 가지는 데 성공한 료마는 틀림없이 행복한 사람일 것이다.

"그럼 내일은 아기가 잔뜩 기뻐해주겠네."

"……왜, 왜?"

"내일은 휴가니까."

"아! 정말?"

"정말정말. 그러니까 내일, 히메노 컨디션이 좋으면 같이 나갈까."

"응, 가고 싶어."

반짝반짝하는 눈으로 호를 그리며 크게 끄덕이는 히메노.

"혹시 컨디션이 좋지 않아도 마음 아파할 건 없어. 그때는 집에서 영화를 보거나 출산 전에 갈 여행 예정을 세우거나, 그러면서 보내면 될 뿐이니까."

"……료마, 사랑해."

"아, 예예. 알고 있어요."

그 두 가지를 생각하고 있었다는 게 기쁜 모양이다. 갑자기 마음을 던지는 통에 근질근질해지고 말았다.

사랑하는 상대가 건네는 이 말만큼은 내성이 생기지 않는 법.

료마는 살며시 내일을 기도했다.

『밖에서 데이트할 수 있기를. 히메노도 건강하게 지낼 수 있기를.』

"그럼 히메노는 거실에 앉아 있어. 나는 업무용 방에서 태블릿을 가져올 테니까."

"고마워……."

감사 인사를 받은 료마가 히메노의 업무용 방으로 들어가서 그림을 그리기 위한 도구를 손에 들고, 기자재를 한 손으로 품고서 또다시 복도로 나왔을 때였다.

"……."

어째선지 당연하다는 얼굴로 복도에서 기다리는 히메노와 눈이 마주쳤다.

무표정한 얼굴을 보고 생각하는 것을 그만둔 료마는, 쓰다듬기 좋은 위치에 있는 머리를 잔뜩 쓰다듬으며 함께 거실로 향했다.

그리고 히메노는 일을, 료마는 식사 준비를 시작했다.

"우어?!"

료마가 부엌에 서서 20분 정도 지났을 무렵. 오른손에 식칼을 든 료마는 놀라서 소리를 높였다.

아니, 정확하게 말하면 누군가 놀라게 만든 것이었다.

손을 멈추고 몸을 비틀어 허리 쪽을 봤더니 익숙한 은발 머리가. 게다가 가느다란 팔이 몸에 감겨 있었다.

"저, 저기…… 히메노? 거기서 뭘 하는 거야?"

"……료마가 무방비했으니까."

"그래서 갑자기 끌어안았어?"

"응."

'무방비했으니까'는 절대 끌어안을 이유가 되지는 않겠지만, 그것이 통용되는 것이 두 사람의 관계다. 가벼운 대화가 성립되자 히메노는 더욱 힘을 실었다.

"일은 어쨌어?"

"지금은 휴식 중."

"아직 20분 정도밖에 안 지난 것 같은데……."

그런 딴죽은 이 바람으로 간단히 날아갔다.

"……쓸쓸했어. 오늘은 료마가 돌아오는 거, 늦었으니까."

이 말만으로 료마는 그녀가 무슨 이야기를 하고 싶은지 이해할 수 있었다.

"그러니까 쓸쓸하게 만든 책임을 지고 응석을 받아달라고? 아까 허그했는데?"

"응. 다만 히메노도 요리를 방해하고 싶은 건 아니야. 히메노를 위해서 만들어주는 거니까."

"……."

"그러니까 세 가지 소원을 빌게."

"세 가지나? 많지 않나?"

"네 가지로 해도 돼."

"으음, 그럼 세 가지로."

웃음기 하나 없이 진지한 표정을 보기에, 히메노 안에서 양보한 결과가 세 가지인 것이리라. 우선은 차분하게 듣기로 했다.

"그래서, 첫 번째는?"

"지금부터 안아줘."

히메노가 가느다란 검지를 세웠다.

참으로 귀여운 소원이 날아왔다.

"두, 두 번째는?"

"지금부터 키스해줘."

다음으로 중지.

"……으음, 세 번째는?"

"잘 때에는 팔베개를 해줘. 안아주는 것도 가능."

"…………."

마지막으로 약지를 세우더니 모든 소원이 나왔다. 전부다 잔뜩 응석을 부리는 내용이다.

"이걸 들어준다면 더 이상 방해하진 않을게."

포옹과 키스. 확실히 이 두 가지라면 시간을 잡아먹지도 않는다. 바로 요리에 착수할 수 있다.

게다가 히메노가 요구한 것은 료마에게도 전혀 나쁜 조건이 아니었다. 아내가 상대라면 이런 스킨십은 적극적으로 하고 싶은 것이다.

"응. 그 정도라면 괜찮아. 내 소원도 하나 들어준다면."

"뭐, 뭔데?"

"오늘은 무조건 빨리 잘 것."

"……."

소박한 소원이 예상 밖이었는지 히메노는 어안이 벙벙해서 눈을 동그랗게 떴다.

'그런 걸로 괜찮아?'라는 듯이.

하지만 료마에게는 진심에서 나온 소원이었다. 내일은 휴가를 내고 데이트 약속을 했다.

집에서 데이트하는 플랜도 생각해두었지만 원래는 외출 데이트.

오늘은 가능한 한 수면을 취해서 내일에 대비했으면 하는 것이었다.

"참고로 외출 데이트 플랜 말인데, 오전 중에는 느긋하게 준비하고 오후에 수족관과 영화관. 마지막으로 야경을 볼 생각이니까."

"아!!"

동그란 히메노의 눈이 보석처럼 빛났다. 완전히 혹한 표정이었다.

"영화관은…… 커플석?"

"그럴 예정이야. 평일이니까 자리도 비어 있을 테고."

"아, 알았어. 빨리 잘게."

빈틈없는 커플석 확인은 참으로 보기 흐뭇했다. 그녀는 몇 번이고 고개를 끄덕이며 이 소원을 받아들여 주었다.

내일을 기대하는 것을 알 수 있을 정도로.

계획을 생각한 사람으로서는 이렇게 반응을 해주는 것만으로도 대만족이었다.

"그러니까 히메노는 일 열심히 해. 마감이 우선이니까."

"응, 지금 파팍 하고 올게."

"앗……."

그것이 대화의 끝이었다. 양손을 꽉 주먹 쥔 히메노는 료마를 내팽개치듯 거실로 돌아갔다.

그 뒷모습을 살펴봤더니…… 그녀는 곧바로 소파에 앉아서 태블릿을 기동, 펜을 들고 액정 위를 활보하기 시작했다.

완전히 시동이 걸린 것이었다. 조금 전에 나눈 소원을 잊어버린 것처럼 일로 돌아갔다.

"……."

그리하여 부엌에 홀로 남겨져 버린 료마. 그 흐름은 그저 답답함만을 남겼다.

'지금부터 안아줘'.

'지금부터 키스해줘'.

요리를 방해하듯이 응석을 부리며 이런 소원을 건네놓고, 막상 소원을 바란 쪽에서 그걸 미루어버렸으니까.

소원을 이루어주자는 마음을 굳히던 그로서는 이런 일을 허용할 수 있을 리 없었다.

일을 방해해버리는 것은 미안하지만…… 복수였다.

"살금살금……."

료마는 부엌에서 히메노가 앉아 있는 소파로 다가갔다.

제대로 배후를 잡고, 들키지 않도록 살금살금.

다행인 점은 히메노가 시선을 한 곳으로, 태블릿으로 향하고 있다는 것이다.

이렇게 되었을 때에 숨어드는 것은 간단해서 손을 뻗으

면 머리에 닿을 정도의 위치까지 금세 다다랐다.

"······."

하얀 목덜미가 눈앞에 보인 참에 행동 개시.

소파 등받이에 팔을 얹고 목덜미로 손을 두른 순간이었다.

"히얏."

귀여운 비명을 터뜨리며 움찔, 몸이 반응한 히메노는 돌처럼 굳었다.

열심히 정보를 처리하는 것이리라. 하지만 료마는 이렇게 될 것을 예상하고 있었다.

이 스킨십을 할 때에는 매번 이렇게 되니까.

빈틈투성이인 지금이 하고 싶은 일을 할 찬스.

"히메노."

"아!"

이름을 부르고 눈처럼 희고 부드러운 뺨에 가볍게 키스를 했다.

히메노의 첫 번째 소원인 포옹은 이 상태로 불가능했지만 이것으로 충분했다.

료마는 목에 감은 팔을 풀고 아무 일도 없었던 것처럼 부엌으로 향했다.

"료, 료마."

"응? 왜 그래? 갑자기 그렇게 비명을 지르고."

"왜, 왜 그러기는."

히메노에게서 대답이 들린 것은 요리를 재개하려고 싱

크대에서 손을 씻고 있었을 때였다.

"갑자기 이런 짓을……."

"아까 히메노도 나랑 같은 짓을 했다고 생각하는데 말이지. 요리 중에 끌어안고."

"료, 료마가 하는 건 반칙……."

히메노는 키스한 뺨을 손으로 누르고 얼굴을 새빨갛게 물들였다.

완벽한 기습을 당하고 만 것은 틀림없었다.

"반칙이고 뭐고, 나한테 바란 소원도 잊고 일을 시작했잖아?"

"따, 딱히 잊은 게 아니야. 미뤄뒀을 뿐."

"정말일까. 히메노니까 가장 먼저 할 것 같았는데."

"미, 미뤄둘 만큼 데이트가 기대될 뿐……."

"그래? 그럼 그런 걸로 해줄게."

이미 마음은 풀려 있었다. 이것으로 뒤끝 없이 요리에 집중할 수 있다. 하지만 또 한 사람 쪽은 아니었다.

"……료마, 내일 기억해둬."

히메노는 악당이 할 대사를 입에 담았다. 그 의도는 누구라도 알 수 있을 것이다.

"어라, 혹시 보복할 생각인가?"

"안 가르쳐줘."

"아하핫, 기대하면서 기다릴게. 그렇게 간단히 당하진 않겠지만."

"히메노한테는 좋은 작전이 있어."

"자자, 어떤 작전일까."

서로에게 응석을 부리는 두 사람이지만 때로는 장난도 치고 당하는 관계이기도 했다.

신혼 생활은 순조롭게, 양호하게 이어지고 있었다.

식사와 목욕을 마치고 시각은 22시 무렵. 부부는 조명을 끈 어두운 침실에 있었다.

"······료마, 팔."

"나는 팔이 아니야, 라는 대사는 이제 질렸지?"

"아니, 그보다도 빨리 팔베개 해줘."

"자, 여기."

"응."

퀸 사이즈 침대에 누운 료마가 요구대로 오른팔을 내밀 자 히메노는 곧바로 머리를 얹었다. 그러고는 다리까지 감 았다.

"후후······."

"어쩐지 기뻐 보이네."

"팔베개도 기쁘지만, 내일은 료마랑 계속 함께 있으니까 그게 기뻐."

별것 아닌 말에도 마음이 따듯해졌다.

"내일은 어떻게 될까······."

"혹시 컨디션이 나빠진다면, 미안해."

"아니아니, 그러면 어쩔 수 없지. 아, 그렇다고 참지는 않도록 부탁할게. 기분이 나쁘다든지 그러면 제대로 말해 줄 것."

"……괜찮아. 히메노의 몸은 이제 히메노만의 것이 아니니까."

"그렇지."

수수께끼 같은 말이 되었지만 히메노의 배 속에는 또 하나의 생명이 깃들어 있는 것이다.

지금만큼은 아기를 위한 몸이기도 했다.

"있잖아, 히메노. 배, 조금만 만져 봐도 돼?"

"괜찮은데, 옷 위로…… 말이지? 안 그러면 이상한 기분이 드니까……."

"이, 이상한 분위기로 만들지 말라고."

처음부터 직접 배를 만질 생각은 없었다.

료마는 비어 있는 오른손의 히메노의 배에 다정하게 댔다.

"아, 역시 아주 조금 부풀었어……."

아기 이야기가 나오면 아무래도 확인하고 마는 법.

"앞으로 더욱 커지고 움직이게 될 거야……."

"그렇다던데."

"……."

"……."

그리고 대화가 끊어진 순간, 묘한 분위기가 감돌았다. 조금 전까지의 밝은 분위기는 이미 없었다…….

다만 무엇이 원인으로 이렇게 되었는지, 료마는 금세 알았다.

"히메노, 괜찮아……?"

"응."

"솔직히 말하도록 해. 허세 부릴 것 없어."

달빛이 어두운 침실을 비추지 않았다면 이런 말을 건넬 수는 없었을지도 모른다.

히메노의 표정을 보고서 깨달은 것이다.

오늘, 계속 응석을 부리던 이유는 여기에 있는 것 아닐까…… 그렇게 느꼈을 정도로.

"히메노……. 부, 불안이 가득해."

"응. 말할 수 있는 건 뭐든 말해줘."

료마가 할 수 있는 일은 아직 적다……. 그래도 도움이 되고 싶다는 마음은 누구에게도 지지 않았다.

"이, 있잖아, 컨디션 변화라든지…… 역시나 곤혹스러워. 평소에는 이러지 않았는데 싶어서."

"……."

"마음이 약해지면 안 되지만 이런 불안이 계속 이어질 거라는 거, 알고 있으니까……."

"…………."

"출산의 아픔도, 그래……. 그리고 건강한 아기를 낳을 수 있을까……라든지. 무서운 게 잔뜩……."

히메노가 말하다시피 임신 시기엔 심신 모두 큰 변화가

일어나고 스트레스가 늘어나서, 아무래도 네거티브하게 되어버리는 경향이 있다.

이럴 때에 어떤 말을 건네면 좋을지, 어떤 말을 고르면 정답일지 그것은 알 수 없었다.

다만 그렇게 더듬더듬 나아가는 동안에도 할 수 있는 일은 있다. ……그것은 서투르게나마 자신의 마음을 전하는 것이었다.

"히메노, 괜찮아……. 괜찮을 거야. 내가 계속 함께 있으니까."

료마는 오른손을 히메노의 등으로 두르고 다정하게 끌어안았다.

"불안한 기분은 알아. 아니까…… 앞으로는 행복한 걸 생각해서 덧씌우면 좋을 것 같아."

"덧씌워……?"

"응. 예를 들면 태어날 아기의 이름을 생각하거나, 뭘 하면서 놀지 생각하거나, 어디로 데려갈지 생각하거나, 아기 옷을 보러 다니거나. 그런 것도 괜찮을지도."

"……."

"게다가 내일은 데이트야. 반드시 행복할 시간을 보내게 해줄 거고, 무슨 일이 있어도 꼭 히메노의 힘이 되어줄 테니까. ……그 누구보다도 힘이 될 테니까."

"…………."

히메노에게서 대답은 없었다. 아무리 기다려도 돌아오

지 않았다.

다만 히메노도 등으로 손을 둘러주었다. 자그마한 힘으로 안아주었다. 말없이 대답을 해준 것이었다.

그래서 조금은 안심할 수 있었다.

"뭐, 뭐라고 할까……. 조금 더 재치 있는 말을 할 수 있었다면 좋았을 텐데. 미안해."

"……후후."

"어?"

사과한 순간, 귓가에 갑자기 들린 웃음소리.

"푸훗, 료마한테는 그런 대사 안 어울려."

"어……."

어안이 벙벙했던 것은 잠시였다.

"잠깐, 거기서 웃지 말아줄래?! 나 열심히 했다고?! 부, 부끄러운데."

"응, 엄청 전해졌어……. 정말로……."

"이, 이제 됐어. 나는 이만 잘래. 그렇게 히죽대면서 짓궂게 굴 거라면 잘 거야."

히메노를 더는 볼 수가 없었다. 보는 것만으로 얼굴에서 불이 날 것만 같아서 베개에 얼굴을 파묻고 뾰로통하게 누웠다.

"……료마, 히메노를 위해 노력해줘서 고마워……. 방금 그거, 기뻐서 웃은 거야."

"예—."

부끄러워서 건성으로 대답했다.

"내일 데이트, 꼭 행복한 시간을 보내게 해줘."

"그럼 히메노도 이만 주무세요."

"알았어. 이대로 료마 끌어안고 잘게."

"그러세요……."

"응, 잘 자."

"잘 자, 히메노."

그리고 몇 분 뒤. 곧장 잠이 든 것은 히메노였다.

곁눈으로 들여다본 그녀는 어쩐지 상쾌한 것 같은, 그리고 안심한 것 같은 얼굴이었다.

다음 날 아침.

쪽, 쪽, 쪽……

"응? 아아……. 으응~~."

부드러운, 빨려드는 것 같은 감촉에 이상한 소리. 이것에 잠이 깨어 료마는 무거운 눈꺼풀을 떴다.

"어라……."

멍한 시야. 한순간 눈앞에 히메노의 얼굴이 있었던 것은 기분 탓일까.

"잘 잤어? 료마."

"어? 어어, 좋은 아침이야……. 히메노는 벌써 일어났구나."

"30분 정도 전에."

"그런가……."

상체를 일으키고, 양쪽 눈을 비빈 뒤 크게 기지개를 켰다. 문득 창가를 봤더니 커튼에서 아침 햇살이 새어들고 있었다.

"저기…… 히메노, 지금 몇 시?"

"여덟 시 십 분."

"고마워. 벌써 그런 시간인가……. 일단 나, 세수하고 올 게."

"응, 다녀와."

반쯤 뜬 눈으로 침대에서 바닥에 발을 댄 료마는 복도로 이어지는 문으로 향했다.

"……아, 히메노. 컨디션은 어때? 괜찮겠어?"

"멀쩡해. 그러니까 오늘은 밖에서 데이트."

"그런가. 그건 잘됐네."

잠이 덜 깼음에도 그 말을 이해하고, 힘없이 히죽 미소를 지으며 세면대로 이동한 료마.

그리고 평소처럼 얼굴을 씻고 환한 시야로 거울을 본 순간──.

"허, 허어어어어어?! 뭐, 뭐뭐뭐뭐야 이거?!"

료마는 큰 소리를 내질렀다.

목덜미에 선명하게 비치고 있었기 때문이다. 키스 마크 세 개가.

그것도 두 개는 절대로 셔츠로는 감출 수 없는 위치에.

"히, 히메노?! 이거 뭐야?!"

료마는 곧바로 침실로 돌아가 이것을 찍었을 장본인에게 확인했다.

"후후, 히메노 말했어. '내일 기억해둬'라고. '좋은 작전이 있어'라고. 그게, 그거."

"아니아니, 이래서는 데이트를 못 가는데……."

"반창고를 붙이면 괜찮아. 히메노, 하트 모양 가지고 있으니까."

"그, 그건 좀 참아줘……."

료마는 모른다. 어제, 자기 전의 그 말이 히메노를 더욱 반하게 만들었다는 사실을. 더더욱 독점욕을 싹트게 했다는 사실을.

키스 마크만이 아니라 입술에 잔뜩 키스를 했다는 사실도 그렇다.

이런 시끌벅적한 나날은 오늘뿐만 아니라 앞으로도 계속될 것이다.

아이가 태어난 뒤로도, 그리고 그 후로도…….

　본 작품(마지막 권)을 구입해주셔서 감사합니다!

　여러분의 성원 덕분에 『애인 대행을 시작한 나, 어째선지 미소녀의 지명 의뢰가 들어왔다』의 완결을 맞이할 수 있었습니다.

　마지막까지 봐주셔서 무척 기쁘게 생각하고 있습니다.

　이번 편은 메인 히로인인 히메노에게 초점을 두고 집필하였습니다만, 어떠셨을까요.

　"벌써 끝이야?!"라고 느끼신 독자분이 계신다면 영광입니다.

　감사 인사로 넘어가겠습니다.

　일러스트 후미 선생님. 약 일 년 동안, 작품에 꽃을 더해주셔서 정말 감사했습니다.

　러프나 완성 일러스트를 볼 때마다 기운을 받았습니다.

　후미 선생님과 본 시리즈를 세상에 내보낼 수 있었던 것. 무척 행복하고, 평생의 추억입니다.

　진심으로 감사드립니다!

　담당 사사키 님. 약 일 년 동안, 정말로 신세를 졌습니다.

　페이지 결정이나 행간 결정 등등, 많이 헤매느라 폐를 끼쳤다고 생각합니다.

　그밖에도 많은 일들을 다정하게, 정중하게 가르쳐주신

것, 게다가 갑작스러운 미팅에도 어울려주신 것, 진심으로 감사드립니다.

그리고 본 시리즈에 관여해주신 많은 관계자 여러분, 정말로 신세를 졌습니다.

데뷔작을 완결이라는 형태로 맞이할 수 있어서, 말로 표현하기 어려울 만큼 기쁩니다.

마지막까지 함께해주신 독자 여러분, 가슴 가득 감사드립니다.

앞으로도 계속 활동할 터이니 눈에 띄었을 때에는 또다시 뵐 수 있다면 좋겠습니다.

그럼, 정말정말 감사했습니다……!!

언젠가 또다시 만날 날을 기도하며.

나츠노미

KOIBITO DAIKO WO HAJIMETA ORE, NAZEKA BISHOJO NO SHIMEIIRAI
GA HAITTEKURU Vol.3

©Natsunomi, Fuumi 2021
First published in Japan in 2021 by KADOKAWA CORPORATION, Tokyo.
Korean translation rights arranged with KADOKAWA CORPORATION,
Tokyo.

애인 대행을 시작한 나, 어째선지 미소녀의 지명 의뢰가 들어왔다 3

2022년 06월 01일 1판 1쇄 발행

저   자 나츠노미
일 러 스 트 후미
옮 긴 이 손종근
발 행 인 유재옥
본 부 장 조병권
담당편집자 박치우
편 집 1 팀 이준환 박소연 김혜연
편 집 2 팀 정영길 조찬희 박치우 정지원
편 집 3 팀 오준영 곽혜민 이해빈
라이츠담당 한주원 이승희
디 지 털 박상섭 최서윤 김지연
미   술 김보라 박민솔
발 행 처 ㈜소미미디어
인쇄제작처 코리아피엔피
등   록 제2015-000008호
주   소 서울시 마포구 토정로222, 403호 (신수동, 한국출판콘텐츠센터)
판   매 ㈜소미미디어
영   업 박종욱
마 케 팅 한민지 최정연 한소리
전   화 (02)567-3388, Fax (02)322-7665

ISBN 979-11-384-1078-6 04830
ISBN 979-11-384-0309-2 (세트)